Les 7 cristaux de Shamballa

Les 7 cristaux de Shamballa

La créature de Musqueroi

TOME 3

Fredrick D'Anterny

Éditeur : François Doucet
Révision linguistique : Carine Paradis
Correction d'épreuves : Katherine Lacombe, Nancy Coulombe
Conception de la couverture : Tho Quan
Illustration de la couverture : Phoenix Lu
Plans de la nef Urantiane : William Hamiau
Mise en pages : Tho Quan
ISBN papier 978-2-89667-436-7
ISBN numérique 978-2-89683-209-5
Première impression : 2011
Dépôt légal : 2011
Bibliothèque et Archives nationales du Québec
Bibliothèque Nationale du Canada

Éditions AdA Inc.
1385, boul. Lionel-Boulet
Varennes, Québec, Canada, J3X 1P7
Téléphone : 450-929-0296
Télécopieur : 450-929-0220
www.ada-inc.com
info@ada-inc.com

Diffusion
Canada : Éditions AdA Inc.
France : D.G. Diffusion
Z.I. des Bogues
31750 Escalquens — France
Téléphone : 05.61.00.09.99
Suisse : Transat — 23.42.77.40
Belgique : D.G. Diffusion — 05.61.00.09.99

Imprimé au Canada

Participation de la SODEC.
Nous reconnaissons l'aide financière du gouvernement du Canada par l'entremise du Programme d'aide au développement de l'industrie de l'édition (PADIÉ) pour nos activités d'édition.
Gouvernement du Québec — Programme de crédit d'impôt pour l'édition de livres — Gestion SODEC.

Table des matières

Résumé du deuxième voyage, Le cristal de Nebalom

Récit de Penilène.

Pour dire les choses comme elles se sont réellement produites, nous avons été brutalement enlevés. Paul en Arizona, Vivia – elle s'en est dernièrement souvenue – dans une grande ville de la côte est des États-Unis; moi à New York. Chad s'est en quelque sorte porté volontaire pour nous protéger. Livrés à nous-mêmes dans une dimension parallèle, nous avons choisi – ou plutôt été forcé – de mener une quête : celle des quatre éléments, afin de libérer la nef Urantiane de son sarcophage de glace millénaire. Depuis, nous voyageons dans le temps et les dimensions à la recherche des sept cristaux de Shamballa. Tout ça à cause des symboles tatoués sur notre épaule droite. Je résume, mais grosso modo, nos aventures ressemblent à cela.

Notre première mission nous a menés en Atlantide, quelques jours seulement avant son anéantissement. Autant vous dire que le paysage valait le coup d'œil ! Là-bas, nous nous sommes mêlés aux Atlantes épouvantés par l'étoile qui menaçait de les détruire.

Trahis, capturés, emprisonnés, il nous a fallu pas mal d'ingéniosité pour nous faufiler parmi des réfugiés et nous rendre dans les cavernes de Nivor où une prêtresse de Poséidon prétendait, grâce à un cristal magique, lire dans les âmes et choisir qui devait survivre aux cataclysmes.

Après un combat titanesque contre les flots déchaînés et contre Lord Vikram, le magicien envoyé à notre poursuite pour voler les cristaux sous notre nez, nous avons pu regagner *in extremis* notre époque.

À peine ai-je eu le temps de revoir ma mère à New York que nous étions transportés dans une époque médiévale, en plein hiver, au milieu d'un peuple de barbares qui croit encore que des créatures fantastiques hantent leurs forêts.

Et sitôt avons-nous le dos tourné que nous perdons Vivia...

CHAPITRE 1

La peur au ventre

Monde du Soleil de cendre, duché de Musqueroi, an 914 après Khephré de Nomah.

Vivia était sortie de la nef Urantiane dans l'espoir de prouver à ses compagnons qu'elle pouvait être aussi débrouillarde qu'eux. Contrairement à Penilène, qui la prenait pour une écervelée, l'adolescente ne s'était pas éloignée sans prendre quelques précautions; accrochant un ruban bleu à une branche d'arbre, une écharpe jaune autour d'un tronc et une autre, rouge, autour de l'arête d'un rocher. Depuis, elle avait cherché un point d'eau. Mais sa fatigue et le silence de la forêt la faisaient se sentir seule et toute petite. Et elle commençait à regretter sa décision.

L'endroit était pourtant charmant. Une neige fraîche était tombée durant la nuit et, en se levant, le jour allumait les bosquets et les arbres de taches grises et jaunâtres. Malgré ce décor paisible, une sombre inquiétude émanait de chaque buisson.

Cela venait-il des troncs lugubres et décharnés ? Des branches nues tendues tels des spectres vers le ciel ?

Les membres raidis de froid, la jeune fille s'accroupit. Elle portait toujours sur le dos sa robe atlante de soie blanche ainsi que son voile de laine pourpre. Un bandeau de cuir piqué d'une pierre précieuse, cadeau du prince Emen-Freï, retenait ses cheveux.

J'ai été idiote de sortir de la nef, se dit-elle en frissonnant.

Son creuset d'eau entre les mains, Vivia entendait battre son cœur. Une buée opaque sortait de ses lèvres. Le silence de cette aube d'un autre monde n'était finalement ni beau ni paisible.

Elle grimaça, car ses éternels étourdissements revenaient, plus accentués et plus douloureux que jamais. Elle ressentait de surcroît un malaise identique à celui éprouvé chaque fois que Lord Vikram, le magicien envoyé à leurs trousses, se trouvait à proximité.

Soudain, elle aperçut d'étranges champignons de glace qui poussaient au pied d'un arbre. Elle se força à bouger. Le visage de Chad apparut devant ses yeux.

Vivia rampa vers les champignons.

Que faisaient-ils là en plein hiver ?

Elle éternua brusquement, puis, effrayée, lâcha un cri d'épouvante.

Du sang tachait ses doigts.

Un souffle de vent fit frémir les branches alentour. Un objet tomba brusquement près d'elle.

Vivia ramassa ce qui ressemblait à un gant d'enfant en laine tricotée. Y avait-il du sang dessus ou bien était-ce le sien qui venait de le souiller ?

Elle y réfléchissait encore quand une présence se glissa dans son dos.

Elle se retourna et rencontra un regard fixe, aux pupilles jaunâtres ourlées de longs cils noirs. La créature était emmitouflée dans une cape.

Saisie d'effroi, elle détailla la robustesse de la silhouette, le poitrail musculeux, les mains terminées par d'impressionnantes griffes. Le monstre se pencha vers elle.

Vivia poussa un hurlement et s'évanouit.

Chad n'arrêtait pas de s'adresser mille reproches. Il avait commis une grave erreur en ne partant pas immédiatement à la recherche de Vivia.

— Allons, dit Paul, elle ne peut être allée bien loin.

Chad calcula en effet qu'entre le moment où ils étaient sortis tous les trois à la recherche de leurs éléments respectifs et celui où ils avaient regagné Urantiane, il ne s'était écoulé qu'une trentaine de minutes.

Un trop court laps de temps pour que Vivia se soit vraiment éloignée. Trop long, hélas, pour être sûr qu'il ne lui soit rien arrivé.

Paul résista à l'envie de lui décocher une blague mordante dont il avait le secret. Il avait la phrase : « Ça t'inquiète de la savoir seule dehors sans toi ! » sur le bout de la langue. Mais Chad, il en était sûr, n'aurait pas apprécié.

Plantée devant l'élémentum, Penilène était déjà en transe. Quelques secondes auparavant, elle avait versé sur la plaque d'orichalque une petite quantité de terre arrachée dans la forêt à la croûte de neige.

Leur expérience de l'élémentum était encore trop nouvelle pour qu'ils se sentent vraiment à l'aise.

La jeune New-Yorkaise respirait fort par la bouche. Subjuguée, elle gardait la paume des mains posée sur la plaque d'orichalque.

Outre la langue de l'époque dans laquelle ils étaient transportés, ils pouvaient recevoir par télépathie des informations sur les mœurs et les coutumes des peuples qu'ils allaient rencontrer.

Paul restait tendu. Quelles images Penilène allait-elle recevoir concernant la quête du second cristal de Shamballa ?

Après quelques secondes, la jeune Noire s'arracha à l'emprise de l'élémentum.

– Est-ce que ça va ? s'enquit l'adolescent en la prenant par les épaules.

La jeune fille se libéra comme si Paul venait de l'agresser.

– Tout doux ! fit le blond Arizonien.

Penilène tremblait. À croire qu'elle avait été assaillie par des fantômes.

Paul avala difficilement sa salive et imita Chad, qui posait à son tour ses paumes sur la plaque de l'élémentum.

Pris d'assaut par une énergie phénoménale, les deux garçons tressaillirent. Puis, peu à peu, ils revinrent à eux.

Paul était si épuisé qu'il se laissa glisser au sol. Penilène était toujours aussi pâle – ce qui, pour une fille de race noire, était étonnant.

– Alors ? voulut-elle savoir.

Paul avait vu le chiffre 4 ainsi qu'une sorte de symbole qui ressemblait à un faisceau de branches.

– C'est tout ?

Encore étourdi, il répondit par une autre question :

– Où est parti Chad ?

Il se mordit les lèvres, car il venait de s'exprimer en une langue inconnue.

Penilène répondit de la même façon et lui demanda de l'attendre. Elle devait aller chercher des « choses » dans sa couchette. Paul sourit : il commençait à la connaître ! Sachant qu'elle allait plutôt s'enfermer dans les toilettes pour cacher ses états d'âme, il se mit seul en quête de Chad.

Le jeune Asiatique fouillait dans les placards du puits central.

Avant de le rejoindre, Paul posa une main sur une console de métal. Aussitôt – comme il s'y attendait, d'ailleurs ! –, il entra en communication avec l'âme d'Urantiane.

C'était une sensation enivrante et agréable, identique, sans doute, à celle de communier harmonieusement avec une « personne » réelle : plus spécifiquement de sexe opposé. Enfin, c'est ce que croyait Paul, bien qu'il n'ait encore jamais vraiment eu de petite amie.

– Oui, je te comprends, dit-il doucement. Moi aussi, je suis inquiet.

Une bourrade dans le dos le ramena dans la réalité.

– Tu rêves ou quoi ? Chad est déjà dehors.

Paul devina que, comme lui, Penilène aurait sans doute préféré rester à bord. Se rappelant soudain qu'il avait déjà demandé à Urantiane des informations pour localiser ses amis, en Atlantide*, il répondit :

— Va devant, je te suis.

Il inspira profondément et posa mentalement sa question à Urantiane.

Il rejoignit ensuite Penilène dans le puits central.

— Qu'est-ce que Chad a pris dans les placards, tout à l'heure ? demanda-t-il.

Elle exhiba trois plaquettes d'or pur et lui tendit un manteau sombre en cuir, des gants, une capuche et des bottes.

Comme elle avait encore l'air en colère, l'adolescent plaisanta :

— Tu as vu un monstre dans ta glace ou quoi ?

— J'espère seulement, répliqua-t-elle, que Vivia aura pensé à se vêtir chaudement !

Elle ajouta, très contrariée :

— Mais pourquoi diable a-t-elle quitté la nef ? Sans sa bêtise, nous aurions pu prendre le temps d'élaborer une stratégie. Après tout, on ne débarque pas dans un pays inconnu sans s'y être un peu préparé.

Paul, qui la devinait surtout inquiète, la poussa dans le sas.

Ils firent quelques pas dehors.

Le jeune blond était soulagé de constater que la nef était réellement invisible.

— J'aurais bien aimé l'être aussi, dit-il en grelottant.

Il plaça ses mains en porte-voix et appela :

— Chad !

---

* Voir le tome 2 : *Le cristal de Nebalom.*

Le silence oppressant de l'aube absorba ses paroles. Penilène se couvrit la tête et le visage sous une longue écharpe de laine.

Soudain, Sheewa poussa plusieurs cris brefs.

Guidés par le singe femelle, ils rejoignirent Chad et le trouvèrent agenouillé entre deux arbres aux branches chargées de neige.

Le jeune Asiatique portait son habituelle tenue : plastron et genouillères en métal souple, gantelets de cuir, serre-tête en tissu blanc, chauds mocassins montant jusqu'aux mollets, large poncho de laine. Et, comme toujours, il semblait insensible aux rigueurs de la température.

— Je sais où est parti Vivia, dit soudain Paul.

Gêné par l'ambigüité de sa déclaration, il précisa :

— Urantiane m'a donné une direction. Elle se trouve en ce moment à environ 750 mètres à l'est, et elle s'éloigne de nous à vive allure.

— En clair, ça veut dire quoi ? s'impatienta Penilène,

— Euh…

Chad tenait un gant tricoté, ainsi que le creuset en étain de Vivia — modeste copie de celui utilisé durant leur quête des quatre éléments, et qu'il avait trouvé peu avant leur arrivée dans un placard de la nef*.

Il montra les larges traces de pas dans la neige.

— Elle a été enlevée, laissa-t-il tomber.

— Mais par qui ? s'exclama Paul.

Chad dégaina son sabre.

— Est-ce que tu crois que ce sont les chasseurs de tout à l'heure ?

---

* Voir le tome 1 : *Les porteurs de lumière.*

Paul se rappelait encore l'un de ces inconnus : un adolescent, comme eux.

Il ramassa le creuset en étain perdu par Vivia, le tendit à Penilène.

Ils suivirent tous deux Chad qui avançait, les yeux rivés sur le sol.

– Je n'ai toujours pas compris, dit la jeune Noire, pourquoi nous devions maintenant aller chercher chacun nos éléments pour activer l'élémentum. Il n'en a pas eu besoin, en Atlantide !

Paul expliqua que puisque la nef était justement d'origine atlante, l'élémentum avait en quelque sorte dû garder en mémoire les éléments de cette époque. Ce qui n'était pas le cas pour ce monde médiéval-ci.

Sheewa poussa un nouveau cri d'alarme. Un cliquetis d'armes retentit. Une dizaine d'hommes jaillirent du sous-bois.

Chad se mit en garde, mais toute résistance semblait vaine. Cinq fers de lance se posèrent sur leur gorge.

Les inconnus ressemblaient à ceux qu'ils avaient combattus plus tôt en arrivant*. À la différence, toutefois, qu'ils étaient beaucoup plus aguerris que les paysans rencontrés.

– D'où sortent-ils ? lança Paul, effrayé.

Un officier brun et barbu à l'allure sévère, vêtu d'un épais pourpoint de drap bleu, arracha le gant ensanglanté des mains de Chad et le montra à un couple qui se tenait près des soldats.

– C'est bien le gant de notre petite Libeï, déclara l'homme en grimaçant de désespoir.

Sa femme éclata en sanglots.

---

* Voir le tome 2 : *Le cristal de Nebalom.*

Le père de la fillette disparue s'avança, et rouge de colère, apostropha les trois jeunes :

– Qu'avez-vous fait de notre fille ?

CHAPITRE 2

Les hommes de Pons-le-Roy

Chad, Paul et Penilène s'entreregardèrent, éberlués.

Un soldat tira, avec le fer de sa lance, sur le châle de la jeune Noire. Tous s'exclamèrent en apercevant la couleur de sa peau.

L'officier renifla.

– Ramenons-les à Pons, ordonna-t-il. Le mairoit saura quoi faire.

Les hommes sortirent des cordes. Sheewa criait toujours, perchée sur une branche et transie. Le pendentif que lui avait offert la marchande atlante ballotait sur son torse poilu. Quelques secondes plus tard, elle tomba dans la neige. L'officier la fourra dans un sac de toile qu'il remit à un de ses soldats.

Paul surveillait Chad du coin de l'œil. Il savait son ami capable de commettre une folie. Mais même un guerrier tel que lui serait impuissant devant 10 hommes armés. Non loin, des chevaux hennissaient.

Penilène fut ligotée sans douceur.

Un certain fatalisme venait à Paul, auquel se mêlaient les indices que lui avait livrés l'élémentum.

Se pouvait-il qu'en se laissant emmener par ces militaires, ils se plaçaient d'emblée sur la piste du cristal qu'ils étaient venus chercher ?

Penilène se débattait.

Les parents de la fillette enlevée les toisaient avec un mélange de peur et de haine.

– Tout ceci est ridicule ! s'exclama Penilène. Nous n'avons rien fait.

Elle fut bâillonnée et chargée comme un sac de pommes de terre sur l'épaule d'un soldat.

Le capitaine Phébert Montrose donna le signal du départ.

Son œil était sombre. Non seulement il avait été assez bête pour accepter de risquer sa vie pour retrouver une fille de simple gueux, mais encore venaient-ils d'arrêter des étrangers, potentiellement des espions venus du pays des Sargasses, leurs ennemis jurés ; ce qui lui vaudrait sûrement des ennuis avec le mairoit.

Ils quittaient la clairière quand Chad repoussa brusquement les deux soldats qui l'emmenaient. Il sauta sur l'officier, lui arracha le gant tricoté et le frappa du tranchant de la main au sternum.

Paul s'enfonçait dans la neige jusqu'aux genoux. Chad lui tendit un bras tout en visant les soldats avec son arme vibratoire. Hélas, la mère de la fillette enlevée se trouvait dans sa mire.

Les soldats sortirent leurs rapières.

La brève hésitation de Chad décida de la suite des événements.

Ne pouvant secourir ni Paul ni Penilène, il bouscula l'homme qui emmenait Sheewa et la libéra.

Puis, après un dernier coup d'œil navré à ses compagnons, il s'enfonça dans le sous-bois.

Phébert avait le souffle coupé.

– Ramenez-le-moi ! éructa-t-il, le visage rouge de douleur et de honte.

Impressionné par l'adresse de leur adversaire, aucun ne réagit.

– Foutre dieu ! s'exclama alors l'officier en haletant.

Il se tourna vers les deux étrangers.

– De toute manière, votre ami ne survivra pas longtemps. Ces bois sont infestés de créatures sanguinaires.

Il saisit le père par le revers de son manteau et grommela, de mauvaise foi :

– Si vous voulez retrouver votre fille, rien ne vous en empêche. Mais nous ne sommes pas en nombre suffisant. Vous devrez y aller seul.

Devant la déconfiture du père, il ajouta d'un ton sans réplique :

– Regagnons les carrioles !

Ils quittèrent la clairière sans remarquer la présence d'un inconnu, caché derrière les bosquets, qui les épiait.

La tête recouverte par une sombre capuche de velours, cet homme avait vu venir Vivia. Il avait assisté à son enlèvement par une créature de cauchemar. Puis Chad, Paul et Penilène étaient arrivés.

Devait-il suivre le jeune Asiatique ou bien les soldats ?

En dernier ressort, jugeant que son intérêt se trouvait plus du côté de Paul et de Penilène, il leur emboîta le pas…

*

Loin des sentiers, la forêt était inhospitalière et semée de congères. Nichée sous le poncho de laine dans le cou de Chad, Sheewa poussait des plaintes déchirantes.

L'adolescent remontait la piste laissée par l'agresseur de Vivia. Considérant la taille, la forme des empreintes et la largeur du sillon laissé entre les taillis, ce devait être un adversaire de taille.

De temps en temps, le garçon s'arrêtait. Les soldats s'étaient-ils lancés à sa poursuite ?

Ses mains, sa gorge et ses oreilles étaient gourdes de froid. Mais élevé dans les hautes montagnes d'Eurasie, Chad était habitué aux rudes températures.

Il trouva des gouttelettes de sang. Vivia avait-elle été blessée ? Il l'imagina en train de se débattre et serra ses poings. Il revit son visage si pur, son sourire si lumineux, ses manières dénuées de toute malice.

Pourquoi n'avait-il pas insisté davantage pour que Vivia les accompagne ?

Il l'avait crue en sécurité à bord d'Urantiane. Qu'est-ce qui avait poussé la jeune fille à en sortir ? Une autre pensée se glissa dans son esprit et l'inquiéta davantage : n'ayant pas ramené l'élément eau, l'adolescente n'avait pas été initiée par l'élémentum. Elle était donc totalement démunie face à son agresseur !

Sheewa tremblait contre sa poitrine.

Le singe femelle venait elle aussi des montagnes enneigées. Cependant, avec ses congénères, elle se cachait l'hiver dans des grottes tapissées de roches volcaniques.

Il songea à regagner la nef pour qu'elle s'y réchauffe. Mais outre qu'il ignorait de quel côté ils avaient laissé Urantiane, il sentait Vivia en danger.

Sheewa sortit sa petite tête pelucheuse du col du poncho.

– Tu as senti quelque chose ? demanda Chad.

Le singe sauta sur le sol et disparut entre les mottes de neige accumulées le long d'une paroi.

Chad considéra le flanc de la colline couronnée par de gros entablements.

– Sheewa ! appela-t-il. Reviens !

Il suivit ses traces qui, heureusement, suivaient aussi celles laissées par le mystérieux agresseur.

Le jour était à présent complètement levé. Un vent âpre soufflait de la poudrerie.

Enfin, il découvrit d'étroites anfractuosités.

– Sheewa !

Une branche se brisa.

Quatre énormes loups dressés sur leurs pattes antérieures et vêtus d'épaisses tuniques se tenaient en demi-cercle devant lui.

Chad connaissait bien ces féroces canidés. Mais jamais encore il n'en avait vu d'aussi grands et, surtout, habillés !

Très à l'aise en position debout, ils mesuraient environ 2 m 30. Leur queue balayait le sol à intervalles réguliers, comme s'ils communiquaient entre eux sans avoir besoin de grogner.

Chad chercha d'instinct le chef. S'il devait se battre, c'est lui qu'il devrait affronter en premier.

Les secondes s'écoulaient dans un silence spectral.

Chad remarqua, intrigué, qu'une des créatures tenait dans sa patte… un gant de laine!

Soudain, Sheewa jaillit d'une anfractuosité et émit un cri aigu, sans doute destiné à effrayer les monstres.

Ce revirement inattendu provoqua chez un lycan un frémissement de tout son corps. Sa gueule garnie de crocs étincela. Chad dégaina son arme vibratoire et tira.

La détonation effraya une nuée d'oiseaux. L'instant d'après, l'agresseur gisait sur le dos.

Chad enfouit Sheewa sous son poncho et prit la fuite.

Parvenu devant une pente accidentée, il sauta le plus loin possible et se mit en position de chute — la tête rentrée dans les épaules, le dos courbé, les membres complètement détendus — et attendit.

Même s'il n'avait fait que défendre sa vie, il regrettait d'avoir peut-être raté une occasion de prendre contact avec les ravisseurs de Vivia.

Il se releva 10 mètres plus bas et constata, étonné, que les créatures avaient disparu.

Sheewa poussait maintenant des cris de joie. Chad remonta le col de son poncho.

Fâché d'avoir perdu toute trace de Vivia, il se sentait — c'était bien la première fois depuis des mois! — seul et désemparé. Il avait une responsabilité au sein du groupe. En laissant enlever Vivia, Paul et Penilène, il avait contrevenu aux règles de courage et d'intégrité qu'on lui avait enseignées, et échoué dans sa mission de protection.

Il caressa la petite tête frissonnante de Sheewa, palpa le petit cristal en pendentif que l'animal portait autour du cou.

Une tempête se levait.

– Trouvons un abri.

Mais soudain, les créatures reparurent, plus silencieuses et menaçantes que jamais…

CHAPITRE 3

Qu'on les pende!

La carriole bringuebalait sur un chemin creusé d'ornières. Attachés l'un à l'autre sous une épaisse toile qui sentait le vieux cuir, Paul et Penilène étaient au désespoir.

La jeune Noire, surtout, semblait révoltée par la situation. À force de mâchouiller son bâillon, elle avait réussi à s'en libérer.

– Venir d'aussi loin et se retrouver une fois de plus prisonniers! grommela-t-elle en tirant sur ses liens comme une folle. Si Vivia n'avait pas fait l'idiote, on ne serait pas dans cette situation!

Mais elle regretta aussitôt ses paroles et baissa la tête.

Un arbre déraciné barra le passage à la troupe. Les hommes nouèrent des cordes et déplacèrent le tronc. Penilène colla son œil contre une déchirure de la bâche, et se recula aussitôt en claquant des dents.

– C'est une tempête.

Elle donna un léger coup de pied à Paul, qui paraissait perdu dans ses pensées.

– Alors, le bel Apollon, on fait quoi ?

Paul haussa les épaules et considéra d'un regard morne les objets hétéroclites entassés dans le chariot – pièges à loups, pics, couvertures, petites cages en fer, rouleaux de cordes, boucliers, bûches, outils.

Agacée par le silence de son ami, Penilène tenta de se remettre sur ses pieds. Puis elle passa carrément la tête sous la bâche :

– Nous n'avons rien fait ! répéta-t-elle. Nous sommes des voyageurs. Relâchez-nous !

Elle croisa le regard triste de la jeune mère et celui, plus sombre, de son époux qui avaient suivi les soldats. Tous deux étaient perchés sur une jument décharnée.

– Nous n'avons pas enlevé votre fille, poursuivit Penilène, je vous assure que…

Une main gantée la repoussa à l'intérieur du chariot. Un soldat la bâillonna pour la seconde fois.

Penilène se mit à pleurer doucement. Elle repensait aux membres de sa famille qu'elle n'avait fait qu'entrevoir à New York, après leur retour de l'époque atlante. À sa mère à qui elle n'avait pas réellement pu parler.

Paul songeait de son côté à tout ce qu'il avait perdu en choisissant d'accepter ce que son amie appelait « une quête insensée ». Il se rappela sa vie d'adolescent américain : grasses matinées, nourriture à volonté, argent de poche, ballades en voitures, les commodités du ranch de son père richissime, l'école. Et surtout son ordinateur et ses jeux en ligne !

À bien y réfléchir, leur mission ressemblait à un de ses jeux. Sauf qu'il ne pouvait s'arrêter pour aller voler une boisson gazeuse dans le frigo des cuisines du ranch ou bien se réfugier dans sa confortable chambre quand il le souhaitait. Il était impliqué jusqu'au cou. Prisonnier, non pas à l'intérieur d'un univers virtuel, mais dans un monde réel autre que le sien. Sans aucun moyen, jamais, de revenir en arrière.

Étrangement, même attaché au fond d'une carriole en plein hiver, il n'était pas tout à fait sûr de vouloir échanger sa place avec un autre.

Quoique...

Penilène avait cessé de gémir.

Sachant que la jeune Noire ne pourrait ni lui couper la parole ni le traiter d'imbécile – ce qui, hélas, était une sorte de jeu pour elle –, Paul se permit de parler à voix haute.

– Mon père voulait faire de moi un homme. « Sors de tes jeux imbéciles ! », disait-il. S'il me voyait !

En Atlantide, le jeune homme avait accompli plusieurs petits exploits dont il était assez fier.

– Une fois ou deux, poursuivit-il, mon père est entré dans ma chambre. Il a sauvagement débranché mon ordi, m'a tiré par la peau du dos et m'a poussé dehors en criant : « Fais quelque chose de ta vie ! » tout en me jetant une pluie de billets de banque au visage.

Penilène ne se retourna pas pour le fusiller des yeux. Peu à peu, elle cessa même de marmonner dans son bâillon.

La croyant endormie, Paul songea alors à Chad et à Vivia dont ils avaient une fois encore été séparés.

Le jeune Asiatique lui avait tendu la main. Mais Paul n'avait pas réagi assez vite. Il regrettait amèrement ce qu'il appelait son *erreur.*

Dehors soufflait le blizzard. Lorsque la carriole s'arrêta enfin, il colla son visage entre deux pièces de tissu.

– Nous sommes arrivés dans un village, laissa-t-il tomber.

La bâche se souleva. Deux soldats empoignèrent Penilène.

Une foule était massée autour de la carriole. L'adolescent reconnut l'officier Montrose, qui tentait d'écarter les paysans en colère.

Le père de l'enfant disparue pointa Paul et Penilène du doigt :

– Ce sont eux qui ont enlevé Libeï !

– C'est faux ! rugit le jeune blond, outré.

Des poings vengeurs et des fourches se tendirent.

Paul fut rudement jeté au sol. Penilène était montrée du doigt par les villageoises. Un homme portant une soutane s'approcha de la Noire, saisit son visage dans sa grande main et la déclara envoyée par les démons. D'autres villageois affirmèrent que les malheurs qui frappaient leur communauté étaient causés par la venue de ces deux étrangers.

Paul leva les yeux au ciel. Après les fastes de l'Atlantide, ils tombaient en plein Moyen Âge !

Un homme de petite taille arriva, précédé de quatre autres.

Phébert Montrose se présenta et fit le salut militaire.

– Mairoit, déclara-t-il sur un ton pincé, voici les étrangers.

Le fonctionnaire grimaça. C'était un bonhomme rond et gras qui ressemblait à un notaire.

– Où sont les lycans promis, capitaine? ironisa le mairoit d'une voix sourde.

Ils s'affrontèrent du regard, tandis que la foule réclamait vengeance.

Bien qu'entourés de soldats, Paul et Penilène étaient tirés et poussés par les villageois. Le prêtre les excitait de sa voix de ténor.

À son avis, la situation actuelle était directement liée au manque de foi des habitants en Khephré de Nomah, le Sauveur. Et ces étrangers étaient soit des envoyés du démon, soit des espions dépêchés par leurs voisins et ennemis, les Sargasses.

– Au poteau! Au poteau! scanda la foule.

Agrippée par 10 paires de mains, Penilène était en pleine crise de nerfs. On dételа les chevaux et la carriole fut placée sous l'enseigne d'un artisan. Trois femmes hissèrent la jeune Noire sur le marchepied et lui passèrent une corde autour du cou.

Dépassés par les événements, les soldats se regroupèrent autour de Paul. Montrose tenta de parlementer, mais il fut repoussé.

Il prit le fonctionnaire à part.

– Le duc ne sera pas content d'apprendre que les habitants de Pons se permettent de faire leur propre justice.

Le petit homme répondit qu'on ne raisonnait pas une populace déchaînée.

Le capitaine était bien embêté. Commencée dans l'idée de sauver une enfant enlevée, sa mission s'achevait en lynchage.

Si seulement nous avions pu leur ramener un lycan!

Soudain, un homme de très grande taille apparut au milieu des rafales de neige. En trois bonds, il fut sur le marchepied de l'attelage. Il défit le nœud qui étranglait Penilène en un tour de main.

Quelques voix s'élevèrent pour critiquer son geste, dont celle du prêtre. Mais l'homme, dont les cheveux noirs flottaient autour de son visage carré et énergique, étendit ses bras.

– Depuis quand pendons-nous d'innocents voyageurs ? Depuis quand la rage et la haine nous aveuglent-elles au point que nous ne sachions plus où sont la justice et le bon droit ? Dispersez-vous ! ordonna-t-il ensuite à la foule. Rentrez chez vous !

Les parents de la petite Libeï vinrent le trouver. Il les prit dans ses bras.

– Notre fille est seule, estropiée, incapable de marcher..., pleurnicha la mère.

– Je suis sûr qu'elle se porte bien, rétorqua l'homme. Ayez confiance en Khephré.

– Ma petite fille a été prise, dévorée..., gémit le père.

Paul fut étonné d'apprendre que la fillette disparue était en quelque sorte handicapée. Mais Penilène tremblait tant contre lui qu'il s'occupa plutôt de la réconforter. Il ne savait pas ce qui les attendait, mais au moins, ils ne seraient pas pendus.

Le mairoit avait son air des mauvais jours.

– Ferronnier ! lâcha-t-il au grand homme. Tu n'as pas le droit d'usurper le pouvoir d'un magistrat. Si tu veux prendre ma place, présente-toi au duc !

L'artisan éclata de rire sans prendre la peine de répondre à l'insignifiant fonctionnaire.

Montrose lui adressa un bref salut.

— Les routes ne sont pas sûres, dit-il. Je te laisse les deux étrangers jusqu'à mon retour du château. Tu leur as sauvé la vie. Tu es responsable d'eux sur ta tête devant le duc.

Le ferronnier hocha du chef : il acceptait la responsabilité.

Restés seuls en compagnie de leur sauveur, Paul et Penilène ne savaient que faire.

— Merci, monsieur, dit finalement Paul d'une voix éteinte.

La figure du ferronnier était celle d'un bon vivant et, en même temps, celle d'un homme qui semblait avoir beaucoup vécu. Ses yeux bruns étincelaient d'intelligence.

— Je me nomme Igard Ferrez. Vous devez avoir froid et faim, répondit-il. Venez.

En arrivant devant sa maison, Penilène se raidit devant l'enseigne suspendue ballotée par les vents — le manche d'un marteau passé dans un fer à cheval. Néanmoins, encore toute secouée d'avoir échappé de justesse à la mort, elle se laissa entraîner à l'intérieur par Paul.

CHAPITRE 4

Le nain, le monstre et le seigneur

Vivia se réveilla avec un douloureux mal de tête. Sa bouche était si sèche qu'elle remuait sa langue avec beaucoup de difficulté. Bien qu'elle gardât les yeux ouverts, elle était plongée dans l'obscurité. Alors, elle battit des mains.

Le son qui s'échappa produisit de l'écho ; signe qu'elle se trouvait à l'intérieur d'un bâtiment en pierre ou en ciment – quoiqu'elle imaginait mal des immeubles construits en plein cœur d'une forêt moyenâgeuse.

Soudain, une lueur à la fois douce et orangée emplit l'espace. Apparurent des murs, un sol fait de dalles irrégulières, une lampe à huile. Un goutte-à-goutte régulier provenait d'un filet d'eau s'écoulant de quelque source souterraine.

La vue de la lampe allumée lui apporta un faux sentiment de sécurité. Elle songea à son nouveau creuset en étain, à ses amis qui devaient la chercher.

Un souffle passa au-dessus de sa tête.

La créature qui l'avait agressée se tenait debout, à quelques pas. Toujours vêtue de son long manteau, elle régla l'intensité de la lumière.

De l'apparition émanait une forte odeur de fauve, de cuir et de poils mouillés. Il hissa la lampe à huile au niveau de son visage. Vivia tressaillit en voyant sa gueule de loup, son pelage roux foncé, sa truffe ardente, ses yeux vifs.

Elle ouvrit la bouche pour… elle ne savait trop quoi ! Le remercier de ne pas l'avoir tuée ? L'accuser d'enlèvement ?

La créature sembla comprendre sa frayeur. Elle posa doucement la lampe et recula.

Alors, un nain chauve et édenté se montra. Il portait un costume couleur taupe taillé à sa mesure, ainsi que des hauts-de-chausses en cuir beige et une écharpe de laine verte, qui cachait sa gorge et la moitié de son visage.

Il fit un geste de la main : la créature se retira tout à fait.

Puis, se dandinant, il dit poliment :

– Nous vous attendions. Par ici, je vous prie.

Vivia secoua la tête. Elle ne comprenait pas.

Le nain se présenta :

– Je me nomme Ethan Picwitt. Je suis le serviteur de notre Seigneur.

Sa main aux doigts boudinés esquissa un mouvement gracieux.

– Suivez-moi.

Le nain était étonné que la jeune fille étrangère ne parle pas leur langue. Était-ce normal ?

Ils gravirent un escalier en colimaçon. La pierre blanche et luisante des marches indiquait qu'ils se trouvaient dans une tour, probablement celle d'un château ou d'un palais.

Vivia se sentait perdue sans ses amis. Où étaient Chad, Paul et Penilène ? Elle les imagina en sécurité à bord d'Urantiane. Élaboraient-ils un plan d'action pour localiser le second cristal et pour la retrouver ? Cette pensée la rassura.

De temps en temps, le nain se retournait pour lui adresser quelques mots. Quel dommage qu'elle n'ait pas eu le temps de ramener de l'eau à la nef et d'apprendre la langue des gens de ce pays !

Ils débouchèrent dans un vestibule, puis entrèrent dans une chambre de forme octogonale meublée d'épais tapis et de bahuts en bois.

Un homme était assis devant un lutrin, sur lequel étaient posées quelques feuilles de papier manuscrit qu'il lisait à la lueur d'une vingtaine de chandelles accrochées aux murs. Au plafond s'entrecroisaient de lourdes poutres de chêne.

— Votre Grâce, fit humblement Picwitt le nain, voici la fille.

Le seigneur des lieux était bel homme. Grand, vêtu d'une tunique de lin blanc et d'un pourpoint de damas bourgogne. Il avait des cheveux blonds frisés semés de fils blancs et une barbe soigneusement taillée en pointe. Son nez et son front droit lui donnaient de l'élégance même si, en cet instant, il paraissait soucieux, voire contrarié. Vivia lui donna une quarantaine d'années.

Il tourna autour de l'adolescente, la détailla avec le regard fin et connaisseur d'un homme qui appréciait les jolies filles.

Picwitt se hissa sur la pointe des pieds et murmura à l'oreille de son maître.

Le seigneur redressa la tête.

— Que me dis-tu là ?

— Hélas, c'est vrai, Monseigneur ! Elle ignore notre langue.

Tranquillisée par la calme autorité qui émanait du seigneur, Vivia se présenta en se désignant du doigt. Elle montra le nain, prononça le mot « Picwitt » qu'elle avait mémorisé, pointa ensuite l'homme.

Celui-ci s'inclina et lui baisa la main.

— Veuillez me pardonner, fit-il, je manque à tous mes devoirs. Je me nomme Ivor, duc de Musqueroi...

Il laissa sa voix en suspend comme s'il voulait ajouter un détail qu'il aurait décidé de taire à la dernière minute.

— Je suis Vivia, répéta la jeune fille, et je viens de...

Elle s'interrompit, car elle ignorait si elle devait parler d'un lieu, d'un monde, d'une époque ou bien lui avouer qu'elle venait d'Urantiane, qui était à la fois leur maison et leur véhicule spatiotemporel.

Le duc échangea un regard de connivence avec son serviteur. Puis il reprit sans savoir au juste s'il devait se montrer affable ou bien sévère :

— Vous êtes Vivia. Et si j'en crois ces messages qui m'ont été secrètement adressés, vous êtes envoyée par mes ennemis pour m'assassiner.

N'ayant rien compris, l'adolescente hocha la tête et sourit.

Elle reprenait espoir.

Ils finiraient bien par se comprendre…

CHAPITRE 5

Tempête

Dès leur départ du village de Pons, la petite troupe avait craint les bourrasques. Par beau temps, la cité ducale de Musquerine n'était qu'à trois heures de cheval. Aujourd'hui, il leur en prendrait sans doute le triple pour l'atteindre.

– Courage, s'écria Phébert Montrose à ses hommes, le col n'est pas si loin !

Nul ne lui répondit.

Il courait une étrange rumeur sur le capitaine. On disait volontiers que Phébert aimait plus la gloire et les chevaux que les hommes.

La côte était de plus en plus raide. Rafale, son fidèle destrier, peinait à la gravir.

On racontait également que Phébert signifiait « soleil » en langue musqueroise – ce qui lui avait valu de nombreuses moqueries à l'école – qu'il venait d'une famille de la petite noblesse dont les membres, tombés en disgrâce auprès du duc, avaient été obligés de s'exiler sur leurs terres du pays de Pons.

Le jeune homme avait rallié l'armée dans l'espoir de regagner l'estime du duc Ivor. Hélas, au lieu de l'envoyer dans de grandes batailles, son commandant l'avait affecté à la surveillance d'un groupe de villages minables.

Phébert avait pensé que cette chasse aux lycans pourrait l'aider à redorer le blason de sa famille. Mais il devait se rendre à l'évidence : retrouver des enfants de paysans n'était pas bien glorieux.

Un de ses hommes le sortit de ses tristes pensées.

– Nous ne pourrons pas franchir le col. Les bêtes sont épuisées !

Phébert toisa ses soldats.

– Dites plutôt que vous n'en pouvez plus.

Il tira sur ses rênes. Les hommes avaient beau le prendre pour un petit noble ambitieux, ils lui devaient respect et obéissance.

– Les lycans peuvent encore attaquer des villages, dit-il. De plus, les trois étrangers sont probablement des espions. Prévenir le duc est notre devoir.

Il évita de songer à la petite Libeï qu'ils avaient en quelque sorte abandonnée.

Sermonnés, les soldats gardèrent la tête basse.

Phébert avait eu chaud. Ce qui n'était qu'une métaphore, car en vérité, il ne sentait plus ni ses mains ni ses pieds.

Ils arrivèrent en vue de Musquerine juste avant la nuit.

La silhouette massive des murailles leur redonna courage. Derrière se serraient environ 200 maisons pour un total d'un millier d'habitants. Avec les hameaux environnants, la cité comptait 3000 âmes. Le duc régnait en maître absolu sur un territoire regroupant une centaine de villages semés entre coteaux, cultures, champs, montagnes, ruisseaux, rivières et forêts.

Le sergent du guet sortit la tête de sa guérite et reconnut Montrose.

Il tenait un chat dans ses bras. Phébert aperçut le félin et eut un vif mouvement de recul. Cette phobie surprenait toujours. Car qui pouvait décemment croire que ce grand gaillard avait une peur bleue de ces simples créatures domestiques !

– J'ai un message urgent pour Monseigneur, clama le capitaine. Ouvrez !

CHAPITRE 6

Soirée paysanne

La demeure d'Igard Ferrez était modeste. Des chaudrons étaient suspendus près d'un âtre sur d'énormes crochets. Des meubles mal dégrossis composaient le mobilier. Dans une alcôve dissimulée derrière un rideau se trouvait l'unique chambre, ainsi que le coin destiné aux ablutions. Paul et Penilène ressentirent une grande compassion devant tant de misère.

Le jour grisâtre dessinait des ombres sur les visages. Ainsi, la jeune Noire avait du mal à deviner si Murène, la femme du ferronnier, était contente ou bien contrariée de les recevoir. Cette indécision aggravait son malaise.

Heureusement, il y avait Triana, leur fillette de sept ans. Assise sur un banc devant la table, l'enfant sculptait patiemment une pièce de bois.

Paul était plongé dans ses pensées. Mais Penilène, plus habituée que lui aux enfants, s'intéressa à la petite.

– Qu'est-ce que tu fais ?

— Un ourson.

— Tu sais sculpter ?

— Papa m'a montré.

— J'aime bricoler, moi aussi. Mais je ne fais rien d'aussi beau que toi.

— Ah non ?

Menue de corps, une peau très blanche, Triana avait des yeux verts foncés trop rapprochés l'un de l'autre. Sa robe de paysanne trainait au sol et ses cheveux sombres étaient cachés sous un fichu de toile. Pourtant, Penilène la trouvait jolie. Il émanait d'elle une énergie peu commune qui lui venait sans doute de son père.

— Et tu as beaucoup de jouets comme ça ? demanda-t-elle.

— Oh non ! Cet ours est pour Rodebert.

— Et qui est Rodebert ?

— Mon ami.

La petite ajouta qu'elle sculptait des jouets en bois pour les offrir lors de la fête de Kephris.

La jeune Noire fit immédiatement le lien entre ce mot, qui lui avait été soufflé durant sa transe devant l'élémentum, et les 1000 autres détails appris sur les mœurs et les coutumes des habitants de Musqueroi.

— Kephris, répéta-t-elle. La fête annuelle de la Lumière…

Paul leva un sourcil, étonné.

Peu après, le ferronnier revint de son atelier. Il détacha son vaste tablier, serra sa femme dans ses bras, et s'installa à table près de sa fille.

Murène apporta ensuite un plateau de croutons de pain frottés à l'ail. Le ferronnier félicita Triana pour ses efforts — son ourson prenait forme !

Puis, il se pencha vers ses invités.

– Vous vous doutez bien qu'il y aura des suites à votre affaire...

Les deux adolescents étaient soudain très intimidés.

– Nous ne nous attendions pas à trouver des étrangers dans la forêt, ajouta l'artisan.

Il renifla bruyamment, les toisa.

– Qui êtes-vous ? s'enquit-il avec brusquerie.

Cet homme qui les avait sauvés de la pendaison pratiquait autant l'amabilité que l'impolitesse. Penilène décida qu'il était finalement aussi mal dégrossi que la figurine en bois de sa fillette.

Elle débita la petite histoire qu'elle avait un peu plus tôt mise au point avec Paul grâce aux informations captées grâce à la nef Urantiane.

– Je me nomme Penilon et voici mon ami Klol. Nous venons du village de Polencia, dans le comté voisin. Nous étions en route vers Aledjia. Nous sommes des étudiants.

Elle sentait sa poitrine oppressée par cet énorme mensonge. Mais cet alibi valait mieux que d'avouer la vérité.

Igard Ferrez hocha sa lourde tête. Que des étudiants cherchent à gagner la célèbre université d'Aledjia avait du sens. Restait la délicate question de la couleur de peau de Penilon.

La jeune Noire se racla la gorge.

– Le père de Klol m'a ramené des vastes contrées sargasses du sud. J'avais cinq ans à cette époque et je..., j'étais une esclave.

Paul renchérit, encore plus nerveux que son amie :

— Nous l'avons en quelque sorte adoptée. Penilon est devenue comme (il déglutit) ma sœur.

Ferrez écoutait avec attention. Le mot « sargasse », du nom de ce peuple qui menaçait leurs frontières, l'avait fait sourciller. Mais en homme généreux, il approuva la conduite des parents de Klol.

Murène revint chargée d'une soupière. Igard se leva pour l'aider à servir, ce qui était sans doute une attitude peu répandue chez les hommes de ce peuple composé pourtant de rudes travailleurs.

— Hélas, vous arrivez en une période bien trouble, reprit le ferronnier.

Les terres de la vallée de Pons vivaient en effet dans la terreur depuis des années. Des clans de lycans, ces créatures mi-hommes mi-loups, hantaient les forêts alentour. Longtemps, ils n'avaient été qu'une légende. Puis, peu à peu, ils s'étaient transformés en une effrayante réalité. Dérobant aux hommes leur part de viande, ils avaient chassé le gros gibier. Mais les choses ne s'étaient vraiment gâtées que lorsque des enfants avaient commencé à disparaître.

— La petite Libeï ? hasarda Penilène.

— Oui. Ainsi que plusieurs autres…

Ferrez se tut.

La soupe était brûlante. Elle ne goûtait pas grand-chose, mais après les émotions de la journée, elle leur faisait du bien.

— À Polencia, nous avons entendu parler de ces créatures, déclara Penilène d'une voix assourdie.

— Mais nous pensions qu'il s'agissait d'une rumeur, termina Paul en s'essuyant la bouche avec sa manche comme le faisait leur hôte.

Il devina que Murène fixait avec attention ses vêtements atlantes. Penilène aussi remarqua sa curiosité, voire son air soupçonneux.

— Ces tissus viennent de très loin, dit-elle sur un ton léger. Ainsi, enchaîna-t-elle, ces créatures existent bel et bien et elles enlèvent des enfants !

Les époux échangèrent un regard bref.

— C'est ce que croient les villageois, en tout cas, répondit prudemment Igard.

— Ce qui explique leur colère, déduisit Paul, très heureux de pouvoir entrer dans la discussion.

Penilène lui donna un coup de pied sous la table.

Ferrez reprit :

— Tout étranger est suspect. Il y a aussi, comme vous le savez certainement, les habituels problèmes de religion. Les Sargasses n'adorent pas comme nous… Khephré de Nomah. Ils ne célèbrent pas la fête de Kephris.

Paul nota l'hésitation du ferronnier après le « nous ».

Penilène se remémora les informations apprises dans l'élémentum et récita à voix haute :

— Il y a très exactement 914 ans, un homme est venu du sud accompagné de 12 disciples. Ils étaient si bons avec les habitants de Musqueroi qu'ils ont été accueillis et écoutés. Hélas, jalousés par des prêtres, ils ont été pourchassés. Un à un, ses amis furent tués. Deux seulement, disait-on, survécurent et purent s'enfuir. Khephré lui-même fut pris et conduit à Aledjia, la capitale. Jugé et condamné pour désordres sociaux et hérésie, puis décapité, son corps fut placé dans un tombeau de pierre. Durant trois nuits, gardé à la fois par les prêtres, que sa philosophie dérangeait, et par de nombreux fidèles, rien ne se produisit. Puis, à l'aube du quatrième jour, sa prophétie s'accomplit. Enveloppé de lumière, sa tête à nouveau fixée sur ses épaules, Khephré s'éleva de son tombeau et fut enlevé par des anges.

Cette histoire, songea Penilène, *ressemble à s'y méprendre à celle de Jésus : à croire que le monde du Soleil de cendre a aussi eu droit à ses Messies !*

Ferrez approuva. Cette étrangère semblait bien informée.

Murène débarrassa la table. Penilène se rendit compte, à ses fréquents regards, qu'il devait paraître impoli qu'une fille de sa condition n'aide pas davantage à la cuisine. Aussi se proposa-t-elle maladroitement pour faire la vaisselle.

Le ferronnier invita Paul à boire un verre d'alcool de pommes de terre.

Penilène surveilla son « frère » du coin de l'œil, tout en aidant son hôtesse. Elle craignait que le jeune blond ne se mette à parler sans réfléchir...

Voyant sa fille se frotter les yeux, Ferrez alla la coucher.

Lorsqu'il revint, il attendit que la jeune Noire ait terminé son travail, et Klol, son verre. Puis, il conduisit ses invités dans la partie arrière de la pièce. Il souleva une bâche qui servait de tapis et dévoila une trappe, qu'il ouvrit.

– C'est une chambre froide. Nous y entreposons nos légumes et nos grains. C'est moins confortable qu'en haut, mais nous vous donnerons de quoi vous réchauffer.

Penilène hésita avant de descendre l'échelle. Cela ressemblait à un trou noir ! Une peur terrible d'y rester enfermée lui noua le ventre.

Ferrez leur remis une lanterne ; Murène, deux couvertures qui sentaient le moisie.

– Je vous lèverai tôt, demain, dit le ferronnier. Khephré vous garde. Bonne nuit.

*

L'obscurité se referma sur eux comme un piège.

Paul prit gentiment son amie par les épaules. Mais, agacée, Penilène le repoussa.

Une couche pour deux personnes était posée à même le sol.

– Dire que nous pourrions être au chaud et en sécurité à bord d'Urantiane ! se lamenta-t-elle. Mais qu'est-ce qui nous a pris, grand dieu, de sortir de la nef !

Moins saoul qu'il y paraissait, Paul la somma de se taire. Les époux Ferrez dormaient juste au-dessus de leur tête.

Tamisant la lumière de la lanterne avec un sac de chanvre vide, ils se blottirent, tout habillés, chacun sous une couverture. Avant de descendre dans cette « prison » – le mot était de Penilène –, ils étaient passés dans l'alcôve réservée aux ablutions. Murène avait remis à Paul un broc en terre cuite. Il avait fallu quelques secondes au jeune Arizonien pour comprendre qu'il s'agissait en fait d'un pot de chambre…

Penilène gardait les mâchoires serrées.

Non seulement ils avaient menti pour se faire accepter par le ferronnier, mais ils avaient encore perdu Chad et Vivia. Que devenaient leurs amis ? Avaient-ils pu regagner Urantiane ?

Paul lui demanda pourquoi elle lui avait donné des coups de pieds pendant le repas.

— Tu parles trop. Si nous commettons une seule erreur, nous serons pendus par ces sauvages.

— Et le cristal que nous sommes venus chercher ?

Penilène soupira. Elle l'avait presque oublié, celui-là !

— Sans compter que Lord Vikram est peut-être déjà arrivé.

Paul attendit que son amie lui réponde. Mais Penilène semblait trop effrayée à l'idée que ce gourbi ne soit habité par des insectes et des rats pour réagir.

— J'ai encore faim, se lamenta l'adolescent.

La jeune fille se retourna. Leurs épaules se frôlèrent. Elle était si proche de lui que son souffle coula sur sa joue.

— Tu sais, dit-elle, à propos des indices devant nous mener jusqu'au cristal...

— Oui ?

— L'enseigne du ferronnier. Le marteau glissé dans le fer à cheval.

— Et alors ?

— J'ai vu cette image dans l'élémentum.

Elle se dressa sur un coude. Ses cheveux noirs ondulés frémirent sur son cou. Paul respira l'odeur de sa peau. Comme il était encore sous l'effet de l'alcool, il souriait bêtement.

Penilène fit claquer sa langue pour le rappeler à l'ordre.

— Cette enseigne est le premier indice, Paul ! Si nous voulons retrouver le cristal et nous enfuir de cette époque le plus vite possible, nous devons tout faire pour rester chez le ferronnier.

– Tu penses qu'il sait où se trouve le cristal ?

Elle haussa les épaules. Dans sa robe atlante, elle était très jolie. Paul ne le lui avait jamais dit. C'est vrai que durant leur dernière mission, il n'en avait pas vraiment eu le temps.

– Tu rêves ou quoi ? lui reprocha la New-Yorkaise.

– Je pensais à Chad et à Vivia.

– Je suis sûre qu'ils vont bien. Chad sait se défendre. Et il n'aura pas abandonné Vivia. Dormons un peu. Demain, nous devrons nous renseigner sur le cristal.

Peu après, Paul cria de surprise.

– Quoi ? le tança Penilène, ensommeillée.

– Quelque chose a frôlé ma jambe.

– Idiot ! C'est mon pied.

Ils se regardèrent, gênés, dans la pénombre.

– Dormons, répéta Penilène.

CHAPITRE 7

L'audience ducale

Le lendemain, Ferrez leur apprit que deux paysans avaient essayé de franchir le col : sans, hélas, y parvenir. Cela prendrait donc quelques jours encore avant que la route ne redevienne praticable.

– En attendant le retour de Montrose, déclara le ferronnier, vous devrez gagner votre pain.

Voyant que Paul cherchait ses plaquettes d'or sous sa tunique, Penilène retint son geste et s'empressa de remercier leur hôte.

– C'est tout à fait normal. Merci pour votre aide et pour votre hospitalité.

Elle murmura à l'oreille de Paul qu'il valait mieux garder leur or caché pour le moment. Sinon, ils risquaient de susciter d'autres soupçons.

Après la neige venaient toujours les grands froids. Ils suivirent le ferronnier jusqu'à une bâtisse délabrée qui servait d'école où Ferrez laissa la petite Triana. La fillette interpella un garçon qui devait être le fameux Rodebert. Puis, ignorant les regards farouches de la population posés sur eux, Paul et

Penilène se coulèrent derrière la silhouette massive du ferronnier.

— Tu sembles distrait, fit remarquer la jeune Noire.

— Ce village, ces bâtiments, ces gens…

— Et bien ?

Paul sourit tristement.

— Tout cela ressemble à un de mes jeux en ligne. J'y jouais avec des Allemands et même des Japonais. On se construisait un village, on avait chacun notre armée, on se créait des alliances… et des guerres.

Forcée très jeune de prendre ses responsabilités dans la vie, Penilène n'avait jamais pleinement vécu son adolescence.

— Réjouie-toi, fit-elle, moqueuse, tu marches dans ton jeu.

Paul fit la moue.

— J'ai très mal dormi.

Il ajouta presque immédiatement :

— Ce n'est pas à cause de toi.

En une fraction de seconde, la jeune fille se rappela leur réveil, collés l'un contre l'autre « à cause du froid ».

— Dis, tu m'en veux encore ? demanda Paul.

— Pour ?

— Ben, d'avoir voté pour cette mission dans le casse-croûte de Kingman, en Arizona.

Elle cacha sa déception sous une grimace de circonstance, puis fronça les sourcils :

— Et comment !

D'une boutique émanaient d'agréables odeurs de pain et de brioches. Ils y entrèrent.

Ferrez leur présenta son ami Pier Ballard.

Le boulanger était aussi grand gaillard que le ferronnier, quoique façonné dans une miche de pain moelleuse plutôt que dans une pièce de métal. Sa face rondouillarde et son ventre flasque s'agitèrent quand il se dandina jusqu'à Igard en frottant ses mains sur son tablier.

– Peux-tu prendre Klol comme apprenti jusqu'au retour de Montrose ? demanda Igard.

Ballard toisa le blond de la tête au pied. Ferrez donna au boulanger une bourrade dans le dos.

– Allons, ce ne sont que des étudiants venus de Polencia. La tempête les a égarés. Par malchance, ils sont tombés sur la troupe pendant qu'elle pistait les lycans.

Ballard hocha la tête.

Généreux de sa personne, il s'excusa ensuite pour l'accueil hystérique qui leur avait été réservé.

– Je te paierai deux sols la journée, déclara-t-il à « Klol ». Mais seulement si tu me donnes satisfaction. Va rejoindre mes apprentis !

Paul échangea un regard piteux avec Penilène. Avoir survécu à l'effondrement de l'Atlantide pour aller faire cuire du pain dans un village perdu du monde du Soleil de cendre ! Quelle humiliation !

L'expression de la New-Yorkaise était limpide : « En faisant tes galettes, n'oublie surtout pas ce dont nous avons discuté ! »

– Quant à vous, jeune fille, reprit Ferrez, je vous réserve un emploi qui sera davantage dans vos cordes.

Ils sortirent et Paul se retrouva dans l'arrière-boutique où travaillait un des hommes qui l'avait insulté la veille. Gêné, il s'appliqua à sa tâche. L'après-midi, il se sentait déjà plus habile à pétrir la pâte.

Il amenait au four un plateau de miches qui avaient reposé durant la nuit quand il eut le malheur de parler du cristal.

– Quel cristal? rétorqua Ballard, beaucoup moins amical.

Paul rougit. En chemin, bafouilla-t-il, ils avaient rencontré des paysans qui leur en avaient parlé.

Ballard le renvoya dans l'arrière-boutique.

Paul ne pipa mot le reste de la journée.

Ce matin-là, peu après avoir quitté la boulangerie, Ferrez conduisit Penilène aux portes de l'abbaye. Il frappa à la porte massive. Un œillet s'ouvrit dans le battant.

– C'est pour la révérende mère Moïrelle, expliqua le ferronnier.

Penilène fut conduite dans un long corridor. Ils traversèrent des salles dans lesquelles des sœurs voilées étaient occupées à trier des plantes ou à les écraser avec des pilons dans des écuelles en bois.

Ferrez lui-même paraissait nerveux en ce lieu de silence et de prières.

La révérende mère surgit, entourée par trois sœurs à qui elle dictait ses ordres.

Contre toute attente, cette femme qui représentait l'autorité suprême dans sa communauté accueillit le ferronnier avec un sourire.

Seules ses lèvres fines s'étirèrent de quelques millimètres, éclairant un peu son visage étroit encadré de la coiffe traditionnelle de son ordre. Mais cela suffit pour dire qu'elle souriait.

Elle était grande et presque aussi sèche que la femme d'Igard. Sauf que ses mains avaient l'élégance de celles d'une duchesse.

Mère Moïrelle imposa le silence à ses suivantes effrayées par l'aspect « sargassien » de Penilène.

— Et vous me dites, fit l'abbesse, qu'elle allait étudier à l'université d'Aledjia ! Je ne les savais pas si généreux…

Ferrez la fixait dans les yeux. Au bout de quelques secondes de réflexion, la révérende mère hocha du chef.

— Très bien. Jeune fille, vous travaillerez aux serres.

Penilène fut épouvantée d'apprendre qu'elle logerait désormais à l'abbaye et non plus chez le ferronnier. Le visage de Paul flotta un instant devant ses yeux. Certes, ce n'est pas la couche crasseuse du sous-sol de Ferrez qui lui manquerait, mais…

Elle se retrouva alignée comme une bête de somme au milieu d'autres filles dans une serre aménagée au rez-de-chaussée du bâtiment principal. La lumière parvenait aux plants grâce à un ingénieux truchement de miroirs vissés aux plafonds.

Afin que la couleur de sa peau ne perturbe pas les autres cueilleuses, on avait donné un voile à Penilène.

Courbée en deux, la jeune fille passa des heures à fouiller la terre avec ses doigts. Elle eut tout le temps de repenser à cette satanée quête des cristaux qui les jetaient dans un monde et dans une époque, puis dans d'autres complètement différents. Dire qu'ils en avaient sept à retrouver ! Elle en avait presque les larmes aux yeux.

Dame Uriella prétendait que ces cristaux maintiendraient la cohésion des mondes quand viendrait ce qu'elle appelait « l'avènement planétaire » : des bouleversements continentaux et océaniques aussi dévastateurs que ceux auxquels Penilène avait assisté quelques jours plus tôt en Atlantide. Prétendre que le sort des trois humanités – celle du monde du Soleil de cendre, du Soleil doré et du Soleil de cristal – était entre leurs mains relevait de l'euphémisme ou de l'utopie : la jeune fille était trop fatiguée pour décider.

Vivement qu'on en finisse avec ces recherches et qu'on rentre chez nous ! songea-t-elle tandis que la surveillante ne cessait de corriger ses gestes, son attitude, et de la pousser dans le dos pour qu'elle travaille plus vite.

Au milieu de l'après-midi, mère Moïrelle s'arrêta près d'elle.

– Alors, Penilon – car il s'agit bien de votre nom, n'est-ce pas ? –, dit l'ecclésiastique sur un ton sarcastique, est-ce que ça va ?

Penilène s'offrit le luxe de lui rendre son regard inquisiteur, mais ne répondit pas.

– Du caractère ? ironisa mère Moïrelle. Puis, plus sévèrement : ça vous passera.

Sans tenir compte du ton tranchant de la religieuse, Penilène lui posa la question qui lui brûlait les lèvres.

Y avait-il un cristal mystérieux dans ce village ?

Mère Moïrelle plissa les yeux jusqu'à ne plus laisser voir qu'un mince rayon de lumière grise.

– Désolée, je n'ai jamais entendu parler d'un cristal, ma fille !

– Ou alors d'une pierre magique !

Moïrelle lui tourna le dos.

Le travail repris, plus dur et plus monotone que jamais.

À tel point que Penilène souhaita presque s'être égarée dans la forêt en compagnie de Vivia.

*

Au château de Musquerine, la tension était presque palpable. Sentinelles, courtisans, fonctionnaires, porte-étendards et coursiers allaient et venaient dans le plus grand désordre : le duc daignait enfin, ce matin, assister à la séance du conseil !

Phébert avait passé la nuit dans une auberge de troisième ordre ; partageant un vaste lit plein de punaises avec trois autres cavaliers tandis que ses soldats étaient demeurés dans l'écurie en compagnie de leurs chevaux.

Les deux premières missives du capitaine avaient été livrées. Le secrétaire du duc n'avait pas répondu, mais son commandant se tenait près de lui.

Le supérieur de Montrose était un habile courtisan. Ne disait-on pas, d'ailleurs, qu'il avait gagné ses galons en donnant de fins conseils diplomatiques plutôt qu'en menant des assauts sur les champs de bataille ?

Au matin, il avait reçu ce nobliau de province et l'avait discrètement interrogé... sans en tirer beaucoup d'informations à part le fait qu'une autre fillette avait été enlevée par les lycans, au village de Pons, et que ces créatures, qui se reproduisaient entre elles, finiraient un jour ou l'autre par poser un véritable problème.

D'autres demandeurs d'audience attendaient en file indienne l'honneur d'être introduits, après la séance du conseil, dans le boudoir privé du duc.

— Mais enfin, s'énerva le commandant, me direz-vous la raison exacte qui vous amène au château ?

Phébert craignait, s'il révélait tout, de se voir retirer l'affaire. D'un autre côté, il ne pouvait se taire indéfiniment. Alors, il évoqua la présence d'espions sargasses au village de Pons.

— Un homme de confiance les garde, dit-il, mais j'aurais besoin de troupes et d'un ordre signé du duc.

Le commandant se drapa dans son long manteau de cérémonie. L'affaire était grave. Il prit le jeune Montrose par le poignet et l'attira dans l'ombre d'un pilier. Loin de se calmer, la cohue allait en augmentant.

— Capitaine, susurra-t-il, il faut que vous sachiez que notre duc est, comment dire, devenu d'humeur changeante et même brutale. Il y a plusieurs mois, il est subitement tombé malade. Par mesure de précaution, avons-nous entendu dire, il a éloigné sa famille loin de la cour. Il ne se montre presque plus en public, délègue beaucoup de ses responsabilités aux divers chanceliers. Nous ne savons ce qui se cache là-dessous, mais il est à craindre que notre souverain…

Il fit le geste universel du « doigt qui tourne sur la tempe ».

— …est devenu fou ? s'enhardit Montrose.

— Chut, mon jeune ami ! Le duc a ses serviteurs de l'ombre…

Phébert ne comprenait pas. Cela signifiait-il que sa requête ne serait pas entendue ?

Contrarié par cette éventualité, il froissa dans sa poche la troisième missive, d'ordre plus personnel, qu'il avait commandée la veille au scribe du château.

Enfin, les trompettes sonnèrent et le duc Ivor IV de Musqueroi entra sous la rotonde. La foule salua le souverain. Les fonctionnaires, le corps des ministres ainsi que plusieurs prélats, dont le prêtre de Pons-le-Roy, suivirent le duc dans la salle des débats.

Un majordome au visage de cire – la mode était, au château, de se blanchir la face à la poudre de riz – se présenta devant ceux qui réclamaient une audience et leur assura que le duc était ce matin en d'assez bonnes dispositions pour les recevoir.

Plus détendu, Phébert reprit espoir. Avec de la chance, il obtiendrait une troupe et serait celui que l'on chargerait de ramener les espions au château. Après tout, le climat politique entre Musqueroi et les Sargasses était à ce point tendu que l'arrestation des étrangers pourrait lui valoir enfin la gloire à laquelle il aspirait !

Nul, au milieu de la nuée d'hommes et de femmes, ne remarqua celui qui s'était présenté au guichet des remparts ouest comme un négociant venu de loin : un homme qui gardait son visage caché sous un épais capuchon de velours noir…

CHAPITRE 8

Les gardiens

Vivia était assise sur le rebord d'une fenêtre découpée dans la roche. Les yeux posés sur un clocheton de briques roses situé près de la tour où elle était retenue prisonnière, le pendentif d'Urantiane entre les mains, elle priait.

Tôt le matin, le soleil d'hiver était presque lumineux. Ce n'est qu'ensuite que venaient les nuages et que le ciel prenait des teintes grises et métalliques vraiment déprimantes.

Les paupières fermées, Vivia pouvait se rappeler de magnifiques ciels peints de couleurs vives et douces. Presque aussitôt, elle se cognait doucement la tête contre le volet de bois, car elle n'arrivait pas à se souvenir ni des endroits précis où brillaient ces ciels ni des événements rattachés à ces contrées merveilleuses. Toujours cette amnésie qui la maintenait dans un brouillard si exaspérant qu'elle en avait les larmes aux yeux !

– Un problème ? s'enquit le nain Picwitt.

L'adolescente sourit. Depuis les quelques jours qu'elle logeait au château, il lui avait appris des dizaines de mots, dont celui-ci.

— Douleurs quelque part ? insista-t-il.

Elle se laissa retomber sur le lit.

On lui avait donné de nouveaux habits. Désormais vêtue à la mode musqueroise, elle portait une robe de soie rouge ouverte sur la gorge et serrée au-dessus des coudes par des rubans dorés. Un châle de laine et des chausses assorties terminaient cette tenue qui était sans doute celle des jeunes filles de la noblesse.

Le petit homme, qu'elle avait résolu d'appeler monsieur Picwitt, se tenait devant elle. Souvent, il dodelinait sa grosse tête chauve de gauche à droite. Cela signifiait qu'il n'était pas sûr de ce qu'elle pensait, de ce qu'elle ressentait.

Elle prit spontanément sa main et le remercia.

— Pourquoi ? demanda-t-il.

Vivia chercha ses mots.

La langue musqueroise ressemblait à un vieux patois ; un dérivé de celle écrite et parlée dans le grand royaume voisin d'Alégeois. Les consonances en étaient râpeuses et brèves, sans pourtant être désagréables.

— Vous sauver moi, prononça-t-elle difficilement en tentant de s'appliquer.

Comme elle aurait aimé avoir eu le temps de poser ses mains sur l'élémentum avant de se jeter dans cette nouvelle mission ! Il lui semblait que ces gens : le nain, le duc et même Rouk, la créature qui lui avait fait si peur dans la forêt, gagnaient à être connus.

– Sauvez, vous ? répéta monsieur Picwitt, cette fois-ci dans sa langue à elle.

Vivia sourit de nouveau, car ils faisaient chacun des efforts, et cette évidente bonne volonté les rapprochait.

Même si elle était en quelque sorte prisonnière, elle n'était pas enfermée dans une sordide cellule. Sa chambre était propre et bien meublée.

Pour lui enseigner le plus de mots possible ainsi qu'une grammaire de base, monsieur Picwitt était venu, la veille, avec une peinture miniature.

Il avait pointé son doigt boudiné sur l'ensemble des personnages représentés – visiblement une famille –, et prononcé chaque mot avec soin, pour qu'elle puisse bien les mémoriser.

– Père, mère, enfants, grands-parents…

Vivia avait mis quelques minutes à identifier les parents, la femme, les enfants du nain, et monsieur Picwitt lui-même, plus jeune d'une dizaine d'années.

– Enfants ! Famille à vous ? s'enquit Vivia.

Picwitt approuva.

Cette fille mystérieuse surgit de nulle part apprenait vite. De plus, elle était bien élevée, facile à vivre et d'humeur agréable.

– Vivia faim ? demanda-t-il à son tour.

Elle hocha la tête.

Derrière la porte, Rouk grogna. Puis, il amena un panier rempli de croissants et de galettes, un cruchon de lait et quelques noix.

– Merci beaucoup, dit-elle, s'adressant autant au nain qu'à la créature.

Elle les contempla l'un et l'autre. Le premier lui arrivait au cou. Le second avait trois têtes de plus qu'elle et peinait à passer sous le chambranle de la porte. Ces deux-là mis ensemble avaient de quoi surprendre, et même effrayer ! Mais quelques jours passés en leur compagnie avaient réussi à modifier considérablement l'opinion de la jeune fille.

Monsieur Picwitt soignait son apparence. C'était un homme dans la fin quarantaine. Son visage était dénué de poils. Il accusait quelques rides sympathiques aux coins des yeux. Malgré ses manières douces et posées, il sursautait au moindre bruit. Ce qui signifiait peut-être que le duc les cachait tous les trois sous son toit à l'insu des domestiques ordinaires.

Rouk demeurait plus distant. Toujours vêtu de ce long manteau de cuir sombre qui avait surpris Vivia la première fois, il en imposait. Elle avait du mal à voir en lui une simple « bête ». Son regard, sans doute. Ou alors la manière dont il se tenait, très droit, comme un homme qui veut bien paraître. En même temps, elle ne pouvait non plus le considérer comme un être civilisé puisque sa carrure, son poitrail et sa tête étaient celles d'un loup. Un loup énorme et habillé qui ne s'étonnait plus des objets, des meubles et des odeurs souvent nauséabondes que l'on retrouvait partout où vivaient des humains.

Rouk lui apportait sa nourriture. Il faisait aussi office de geôlier. Mais seulement quand monsieur Picwitt était absent.

La veille, durant plusieurs heures, Vivia s'était tenue derrière la porte fermée à double tour. Elle devinait, de l'autre côté du battant, la présence du lycan. Elle percevait son souffle lourd et imaginait ses pensées.

Visiblement, ils étaient deux étrangers dans le monde des hommes. Et elle se demandait lequel d'entre eux était le moins à sa place dans ce château.

Elle avait tenté de lui adresser la parole. Il ne répondait jamais. Mais loin de se décourager, elle avait continué, dans sa langue à elle. Ce dialogue de sourds lui importait peu : elle avait l'impression de ne pas être totalement seule en attendant le retour du duc ou du nain, et cela lui suffisait.

Monsieur Picwitt ne la quittait pas des yeux. Cependant, Vivia avait pu apprécier sa patience et sa gentillesse – ou en tout cas, son savoir-vivre.

– Contrariée ? demanda le nain.

Vivia resserra le poing autour de son pendentif.

Elle songeait à ses trois amis.

En même temps, elle sentait que le nain cherchait, en passant du temps avec elle, à lui tirer les vers du nez. Raison pour laquelle Vivia n'avait rien révélé au sujet de Chad, de Paul et de Penilène.

Si je parle d'eux, songea-t-elle, *je risque de les mettre en danger. S'ils sont capturés, ils ne pourront pas retrouver le deuxième cristal…*

Tôt ce matin, elle avait rêvé de Chad. Son ami la cherchait dans la forêt. Il avait froid. Sheewa grelottait entre ses bras. Elle l'avait ensuite vu entouré par des lycans aussi impressionnants que Rouk. Chad avait-il eu peur ? En vérité – et Vivia commençait à bien connaître le jeune Asiatique –, elle avait de la difficulté à l'imaginer effrayé ou même fuyant devant un danger.

Malgré cela, elle s'était réveillée en criant.

Si le garçon avait été près d'elle, Vivia se serait serrée contre lui sans hésiter.

Quelques minutes plus tard, elle s'était de nouveau assoupie. Et son rêve s'était poursuivi. Cette fois-ci, pourtant, Chad n'était plus en danger. Elle le voyait marcher en forêt aux côtés d'un lycan impressionnant. Tous deux parlaient sur un ton amical.

Dans son cœur, Vivia savait aussi que peu importe où ils se trouvaient, Paul et Penilène étaient en vie et ensemble. Soulagée, elle se remit à répéter la liste de verbes que monsieur Picwitt lui avait remise.

Plusieurs fois par jour, le nain la faisait étudier un peu, puis il lui reposait ses habituelles questions :

D'où venait-elle ? Pourquoi était-elle là ? Qui l'envoyait ? Et enfin, ce qui l'avait le plus effrayée, sinon mise en colère : pourquoi voulait-elle assassiner le duc ?

— Moi pas tuer Seigneur, répéta-t-elle.

Son ton de voix était si paisible, son air si candide, que monsieur Picwitt avait tendance à la croire. Elle ne pouvait pas être celle que le duc redoutait...

Et pourtant.

— Dites-moi, laissa-t-elle tomber, vous connaître... pierre ?

— Pierre ?

— Brillante. Claire. Comme soleil. Roche.

— Roche ?

Quel était le mot exact, en musqueroi, pour désigner un cristal ?

Vivia désespérait.

Le soleil se couchait quand un bruit de pas retentit dans l'escalier.

La jeune fille et le nain retinrent leur souffle. Rouk se plaça en embuscade...

CHAPITRE 9

Le supplice d'Ivor

Après une courte pause durant laquelle Ivor s'était lavé les mains en public, il avait enchaîné sur des audiences privées, ce qu'il préférait aux bains de foule.

Il reçut ses officiers ainsi que trois ingénieurs. Le problème concernait la muraille nord qui, d'après eux, risquait de s'écrouler d'un jour à l'autre. Tout en se grattant l'intérieur des poignets – signe manifeste de sa grande nervosité –, Ivor leur promit de l'argent pour le printemps.

Ses commandants et son chancelier rechignèrent, car ils craignaient que l'empereur des Sargasses ne tente, avant un mois, non pas une guerre en règle – nous étions en plein hiver –, mais du moins des escarmouches meurtrières. Ils craignaient également la présence d'espions dans la cité.

Un commandant mit un genou au sol :

– Monseigneur, dit-il, nos propres espions sont de retour avec des nouvelles alarmantes. Il paraitrait que l'empereur Cirgman a mis au point des galères aux capacités prodigieuses.

Ivor, comme ses autres conseillers, restait songeur : en quoi l'existence de galères, même « prodigieuses », pouvait-elle les inquiéter? En effet, Musqueroi et le territoire des Sargasses n'étaient pas séparés par la mer, mais par une chaîne de hautes montagnes.

Ivor prêta une oreille plus attentive à la demande inusitée d'un capitaine de la région de Pons. À l'en croire, de jeunes espions avaient été arrêtés.

D'autres sujets furent évoqués, tels ces enlèvements d'enfants dans les villages du duché, mais aussi dans les rues mêmes de Musqueroi. Le nom des présumés coupables — les lycans — était sur toutes les lèvres. Et de par les rues, des parents au désespoir recherchaient toujours leur progéniture.

Au fil des minutes qui s'égrenaient, Ivor sentait monter en lui un malaise et des bouffées de chaleur. Il se fit servir une tisane d'herbes calmantes en sachant que le temps pressait. Il allait devoir couper court aux audiences, ce qui en froisserait plus d'un.

Il tenta de se lever. Hélas, l'archevêque Joras de Nault arriva, entouré par son cortège de prêtres.

— Monseigneur, clama-t-il de sa voix sépulcrale, un point essentiel a été, plus tôt, soulevé. Il y a les Sargasses d'une part et aussi les lycans. Ces créatures mangeuses d'enfants ne pouvant être assimilées ni conquises à notre foi, il devient urgent de les contenir.

Ivor grimaça. En parlant d'assimilation, De Nault entendait invasion. Et ce qu'il voulait dire par « contenir » signifiait surtout « exterminer ».

L'opinion publique étant très remontée contre les lycans, Ivor jugea déplacé et même dangereux de préciser qu'aucune preuve n'avait jamais pu être apportée pour accuser formellement ces créatures.

— De plus, poursuivit le prélat, nous tenons toujours à ce que la délicate question de ces soi-disant « philosophes de la lumière », ces prêtres sans soutanes — il se permit un rire méprisant —, soit réglée. Ces faux prophètes doivent être pourchassés et arrêtés. Notre Seigneur (il s'inclina devant le duc) ne saurait en effet tolérer que des malandrins se présentent au peuple et lui farcissent l'esprit d'inutiles fabulations.

Là encore, ce qu'exigeait Joras de Nault à mi-mot était clair. Ivor devrait envoyer des troupes fouiller les forêts du duché pour mettre à jour ces « philosophes » qui faisaient de l'ombre au clergé officiel.

Le problème, c'est que l'existence même de ce groupe de philosophes relevait de la rumeur ou du complot.

Ivor se leva, cette fois pour de bon, et s'excusa auprès de ses visiteurs. Ses douleurs à la tête étaient trop vives, plaida-t-il, pour qu'il puisse continuer d'être de bon conseil.

Puis, comme poursuivit par des démons invisibles, il se retira seul dans l'escalier menant à ses appartements privés.

Les portes se refermèrent. Des dizaines de mécontents se retrouvèrent assemblés dans une antichambre surchauffée au milieu de serviteurs qui leur apportaient des confiseries et des rafraîchissements.

L'homme dont le visage était recouvert d'une capuche se tenait derrière le capitaine Phébert.

L'abordant avec le sourire, il se fit passer pour un marchand et s'informa du résultat des débats. Un ingénieur vint les trouver et se plaignit que le duc se désintéressait du sort des murailles. L'inconnu leva ses bras en l'air. À l'en croire, il fallait s'en remettre à la sagesse du souverain. Puis, il paya à ses deux acolytes un alcool de pomme teinté de miel pour leur délier encore davantage la langue.

*

Rouk reconnut le pas de son maître en même temps que son odeur. Picwitt et lui cueillirent le duc dans leurs bras au moment où Ivor se mettait à bredouiller des paroles incompréhensibles.

Vivia se précipita également.

Le souverain était blême. Il avait les yeux écarquillés, les pupilles fixes et dilatées. Un filet de bave coulait sur sa barbiche bien taillée.

Le nain et le lycan se dévisagèrent.

— Grave? demanda Vivia.

Monsieur Picwitt la pria de les excuser. Ils devaient partir.

— Moi, pas vouloir mal au Seigneur, répéta-t-elle.

Car l'idée qu'ils puissent vraiment croire qu'elle était venue pour assassiner le duc lui faisait de la peine.

Le nain lui recommanda de rester dans sa chambre. Son seigneur était malade. Ils savaient quoi faire. Elle ne devait pas s'inquiéter.

— Autre leçon tout à l'heure, lui dit-il en souriant avant de sortir, suivit par Rouk, qui portait le duc dans ses bras.

Juste avant qu'ils ne s'en aillent, Vivia aperçut la main ballante du duc alourdie par ses nombreuses bagues, dont une, très belle, couronnée par un beau grenat étincelant.

Elle écoutait le bruit de leur pas décroître dans l'escalier quand elle se rendit compte qu'ils n'avaient fait que repousser la porte de sa chambre sans la verrouiller. À la fois inquiète et décidée à agir, elle noua son châle sur sa gorge et sortit.

L'escalier ne bénéficiait d'aucune source de lumière. Aussi sombre qu'un égout, il semblait mener dans la tanière du diable.

L'épaisseur des murs donnait l'impression à Vivia de suffoquer. Depuis son arrivée dans cette époque et dans ce monde, il lui semblait qu'elle aspirait par-dessus tout à respirer de l'air pur, à se baigner dans la lumière d'un ciel sans nuage. Peut-être à cause de son propre état de faiblesse chronique et de ses étourdissements, elle compatissait avec le duc.

De quoi souffrait-il ?

Elle s'était assez attardée. Il était temps de retrouver ses amis. Elle descendit les marches, atteignit un large palier en terre battue.

Un couloir partait en ligne droite vers une destination inconnue. Sur ses parois étaient vissées des torchères en bronze. Elle s'empara des éclats de silex accrochés à la torche par une chaine de métal, les frappa l'un contre l'autre.

Tenant sa torchère à deux mains, elle appela :

– Monsieur Picwitt ? Rouk ?

Des écoulements d'eau souterrains ponctuaient ses pas.

Un grognement retentit, suivi par plusieurs rugissements.

Un cri de douleur troua les ténèbres.

Vivia avança encore en tenant sa torchère d'une main et son pendentif de l'autre.

Soudain, une figure ensanglantée jaillit devant ses yeux…

CHAPITRE 10

La cage

— Monsieur Picwitt ? s'exclama-t-elle, effrayée.

Elle adossa le nain à la paroi, déchira un pan de sa robe, alla le tremper dans une rigole voisine et revint nettoyer ses plaies.

À la lueur de la torche, les marques sur les joues du nain ressemblaient à des coups de griffes. Vivia voulut lui faire un pansement en règle, mais le domestique s'agitait.

Il n'était pas nécessaire de s'occuper de lui. Il fallait surtout retrouver Rouk ainsi que le duc.

Vivia l'aida à se relever.

Ils parvinrent à une salle souterraine dans laquelle ne se trouvait qu'une cage en fer dessinée aux dimensions d'un homme de grande taille ou bien d'un ours.

— Vite, vite ! s'impatienta le nain.

Ses blessures devaient le faire souffrir. Pourtant, Vivia le sentait surtout inquiet.

De temps en temps, ils entendaient des hurlements au loin.

– Rouk?

Le nain gardait les yeux au sol.

– Des traces, répliqua-t-il.

Vivia éclaira le sol.

– Là! Du sang!

– Oh non! se désespéra monsieur Picwitt en constatant que ces traces obliquaient vers la gauche au lieu de continuer tout droit.

– Que se passe-t-il? articula difficilement Vivia, de plus en plus angoissée.

Le nain la supplia de retourner dans sa chambre. Trouverait-elle, seule, le chemin?

Il la laissa en plan et fut avalé par les ténèbres.

Vivia avait une nature douce et obéissante. Cependant, le danger et le mystère n'étaient pas pour lui déplaire. Et puis une petite voix lui soufflait que cette aventure l'amènerait peut-être – le hasard était si curieux – sur la piste du cristal qu'ils étaient venus chercher.

Ce fut cette possibilité d'être, comme elle disait, «utile au groupe» qui la conforta dans son idée de suivre le nain...

Elle se glissa par une ouverture pratiquée dans un mur et sortit du souterrain. Dissimulée derrière une épaisse couche de lierre, l'anfractuosité était assez large pour laisser passer un cheval.

La nuit était déjà tombée.

Étonnée de se retrouver dans un lacis de ruelles et non pas à l'extérieur des remparts, l'adolescente resserra les cordons de sa cape.

Un brouillard poisseux montait jusqu'à la taille. Vivement étoilé par endroits et complètement bouché à d'autres, le ciel laissait entrevoir la lune pleine qui jouait à cache-cache avec des bancs de nuages.

Les rues étaient désertes. Seuls quelques arbres décorés par des rubans de couleurs et des bricolages d'enfants trahissaient l'esprit de gaité et de générosité qui précédait toujours la fête annuelle de Kephris.

La nuit venue, la population se terrait chez elle. De loin en loin, des lueurs rougissaient aux fenêtres.

Vivia retint son souffle. Un cri déchirant retentit. Elle choisit la voie de droite.

La brume menaçait de submerger la cité.

N'osant appeler de crainte d'attirer les sergents du guet, Vivia dévala la ruelle... et fit un brusque écart devant la carcasse d'un animal décapité.

Elle s'accroupit et déglutit. L'animal en question était un chien errant.

Des gouttes de sang maculaient le pavé.

Peu après, on lui toucha l'épaule.

– C'est vous, monsieur Picwitt ?

Le nain lui prit le bras. Compte tenu de sa petite taille, sa force était prodigieuse. Renonçant à la gronder, il glapit :

– Par ici !

Deux silhouettes passèrent dans la brume.

– De ce côté ! fit Vivia en levant sa torche.

– Non, se récria monsieur Picwitt.

Et il l'entraina plutôt à gauche, dans un dédale de ruelles malodorantes.

Vivia n'était pas certaine que le nain prenait la bonne direction. Elle était persuadée, même, que le duc – la silhouette la plus petite – avait pris la sente de droite.

Ils longèrent une muraille. Des éclats de voix leur parvenaient.

– Les soldats du guet, murmura le nain en plaquant la jeune fille contre un mur.

Vivia cacha sa torche sous son bras. Les lambeaux de brume se transformaient sous ses yeux en longs doigts crochus.

Un appel bref fusa.

Les soldats avaient-ils repéré Rouk ?

Vivia contemplait le visage tuméfié du nain. Malgré le froid, son crâne brillait de transpiration.

– Éteignez ! gronda-t-il.

Peu après, une silhouette monstrueuse passa à quelques mètres d'eux ; suivie presque aussitôt par quatre hommes armés de pics et de casse-têtes.

– Rouk fait une diversion, expliqua le nain.

Un hurlement retentit peu après. Picwitt et Vivia arrivèrent sur les lieux en premier. La femme – une fille à soldats –, sortait probablement d'une taverne. C'est au moment où elle passait sous un porche qu'elle avait été…

– Morte ? demanda Vivia en tremblant.

Le nain prit le pouls de la victime qui semblait surtout en état de choc.

Elle balbutiait et tremblait. Vivia ne comprenait pas ce qu'elle disait.

Des gardes se rapprochaient.

– Venez, ordonna Picwitt en tirant l'adolescente par le bras.

Avant de quitter le porche, Vivia ramassa un objet minuscule abandonné sur le pavé, et qui scintillait doucement…

En moins de temps qu'il n'en fallut pour le dire, ils se retrouvèrent devant le mur recouvert de lierre. La brume s'était encore épaissie. Ce qui, aux dires du nain, couvrirait leur fuite.

Rouk les attendait.

Vivia remarqua que le manteau du lycan portait de longues lacérations et que du sang tachait le tissu.

Ils regagnèrent la sécurité du souterrain et découvrirent un deuxième homme-loup, vêtu lui aussi, mais à moitié inconscient et blessé.

— Vous battus ? déclara Vivia, interloquée.

Ni Picwitt ni Rouk ne répondirent. À quelques pas, les gens du guet passaient et repassaient en tendant leurs torches. Sans faire de bruit ou presque, le nain referma une lourde porte que Vivia n'avait pas encore remarquée. Il verrouilla la serrure, cacha la clé dans une pochette de cuir suspendue à sa ceinture.

L'expression de soulagement peinte sur ses traits valait tous les discours du monde.

Vivia comprenait qu'ils « l'avaient échappé belle ». Par contre, elle ignorait pourquoi ils ramenaient une seconde créature dans les souterrains.

— Où est le Seigneur ?

Elle songeait aux soupçons du duc qui craignait de se faire assassiner. L'adolescente avait, jusqu'à présent, pensé que le lycan et le nain étaient ses serviteurs. Mais peut-être étaient-ils en réalité ses geôliers ou même ses ravisseurs !

Était-il possible d'envisager que la maladie du duc était causée par une sorte de drogue que le nain lui faisait peut-être ingurgiter ? Mais dans quel but ?

Cette autre créature était-elle un frère de Rouk venu pour leur prêter main-forte ?

Pourquoi ses trois amis n'étaient-ils pas à ses côtés ? Paul et Penilène auraient des idées. Et Chad saurait bien la rassurer !

Ils pénétrèrent dans la salle. Monsieur Picwitt referma une seconde porte derrière eux.

Contre toute attente, Rouk poussa ensuite le lycan dans la cage. Le nain verrouilla la serrure.

Enfin, il se laissa glisser contre une paroi, prit sa grosse tête entre ses mains et se mit à pleurer.

– Vous… triste ? demanda Vivia.

Le mot musqueroi pour « triste » sortait de travers de sa bouche : elle en était si désolée !

Elle chercha Rouk des yeux, ne le trouva pas. Alors, elle décida de nettoyer la plaie de monsieur Picwitt. Le nain se laissa faire comme un enfant.

Le lycan emprisonné par Rouk poussait des grondements déchirants. Elle osa s'approcher des barreaux. Mais la créature lui tourna aussitôt le dos.

Elle alla s'asseoir près du nain.

Cette nuit était étrange. Vivia avait l'impression qu'ils étaient maintenant liés par une sorte de secret honteux. Ce secret avait changé le rapport qui la reliait au nain, mais aussi à Rouk.

Monsieur Picwitt, reconnaissant, lui serra le poignet.

Vivia rêva ensuite que Chad parlait à plusieurs lycans. Sheewa se tenait immobile sur l'épaule du garçon. Avait-elle peur de finir dans l'estomac des créatures ? Ensuite, la voix calme de Dame Uriella berça la jeune fille. Malgré sa situation apparemment désespérée, elle était à sa place dans ce monde, dans cette époque, dans ce souterrain.

— Garde confiance, ma petite Vivia, chantonnait-elle à son oreille. Vous accomplissez une œuvre utile. La lumière est proche de toi. De vous quatre…

L'adolescente s'éveilla en sursaut et tout étourdie.

Monsieur Picwitt se tenait près de la cage. Un pâle rayon de lumière tombait d'une meurtrière.

Minuscule devant la cage en fer, le nain pleurait toujours.

Vivia s'approcha et étouffa un cri d'horreur.

Monsieur le duc se trouvait dans la cage. À moitié nu, ses vêtements déchirés, le torse et les bras couverts de plaies, il semblait hagard. Les yeux fixés sur eux, il bafouillait des paroles incompréhensibles et respirait comme un animal aux abois.

*

Au même instant, l'homme cagoulé qui avait suivi le capitaine Montrose et interrogé l'ingénieur dans l'antichambre de la salle d'audience du château se trouvait au pied de la muraille nord.

Toute la nuit, il avait longé la paroi, inspecté ses systèmes de défense, observé avec attention plusieurs éboulis, gratté la pierre avec un outil pointu.

Et, ma foi, il était satisfait de ses découvertes.

CHAPITRE 11

La fête de Kephris

C'était la première fois que Paul aidait à préparer une grande fête. Originaire de la région de Phœnix, en Arizona, élevé dans une famille riche, il n'aimait ni le froid, ni les foules, ni travailler 10 heures d'affilée. Mais ce soir, les choses étaient différentes.

Cela faisait plusieurs jours que Penilène et lui vivaient dans le village de Pons-le-Roy. Et à franchement parler, Paul commençait à apprécier ce que son amie appelait encore « leur captivité ».

Le jeune blond avait maîtrisé le pétrissage de la pâte, le modelage, le découpage, la cuisson. Au début, il avait rechigné. Cependant, en observant les rudes habitants de Pons, il avait peu à peu appris à goûter aux fruits de ses efforts.

Sa plus belle expérience datait de ce moment précis où il avait eu la permission de manger un des croissants qu'il avait lui-même confectionné et mis au four. Malgré ses douleurs aux mains et aux bras, car pétrir n'était pas si facile, jamais il n'avait été aussi fier de lui. Il souriait encore à ce souvenir tandis que les préparatifs de la fête de Kephris étaient presque achevés.

Sur la place du village, une trentaine de tables posées sur des tréteaux attendaient les paysans et leur famille. Chacun amènerait sa part de nourriture. Toutes les femmes de Pons avaient cuisiné pour cette occasion. Les jeunes eux-mêmes avaient été mis à contribution. Les uns aidaient leurs mères aux fourneaux, les autres acceptaient un surcroit de travail après l'école, secondant leur père pour enlever la neige qui s'accumulait sur le toit des maisons, calfeutrant les étables et les écuries, aidant à 100 autres travaux quotidiens.

Paul restait coi d'admiration devant les efforts déployés par cette fourmilière humaine. Il y participait avec joie en disposant sur chaque table la quantité exacte de pains, de miches, de galettes et de croissants prescrite par Ballard.

Bien que plusieurs tempêtes se soient abattues sur la région, Ferrez avait prédit un temps doux et calme pour la veillée de Kephris. Et cette année encore, il avait vu juste !

Des enfants jouaient. Paul adressa un signe amical à la petite Triana.

Depuis deux jours, il avait commencé à voir des changements dans l'attitude des gens vis-à-vis de lui. On lui répondait quand il saluait. On lui souriait timidement.

Il travaillait et logeait chez le boulanger. Une fois, il avait croisé les parents de la petite Libeï dont on était toujours sans nouvelles malgré plusieurs tentatives pour la retrouver.

Autour de Paul, on installait des lampions sur les arbres et des décorations d'enfants aux murs des maisons. Un grand feu était entretenu sur la place. Malgré la tension qui pesait sur chacun d'eux, les villageois avaient l'air heureux.

Ferrez menait le bal. Les autres — et parmi eux le mairoit toujours d'aussi mauvaise humeur — allaient et venaient, les bras chargés de fagots ou de victuailles. Le prêtre avait disparu le même jour que le capitaine Montrose. Curieusement, personne ne s'inquiétait à son sujet.

Paul déposait ses dernières corbeilles. Soudain, une main se posa sur son épaule.

— Penny !

Il se raidit, car la jeune Noire n'aimait pas beaucoup s'entendre appeler ainsi.

— Désolé, je…

Il s'interrompit, cligna nerveusement des yeux.

— Tu vas bien ?

Penilène renifla. Elle était vêtue du traditionnel costume des religieuses de Khephré : longue robe blanche sévère, tablier sombre, voile bleu serré sur la tête. À la lueur des torches, Paul ne voyait qu'une partie de sa figure. Mais cela suffit pour qu'il la sente perturbée.

— Il faut que je te parle, souffla-t-elle.

Elle l'entraîna à l'écart.

— Je suis heureux de…, commença-t-il.

Penilène leva sa main pour qu'il se taise.

— Mais qu'est-ce que tu fais ? le réprimanda-t-elle.

— Tu te moques de moi ?

— Je suis sérieuse.

— Ben, je place mes corbeilles.

— Idiot.

Paul écarquilla les yeux.

— Écoute. Nous sommes toujours sans nouvelles de Chad et de Vivia. Personne ne semble rien savoir sur le cristal que l'on cherche. On nous considère comme des espions et même des extraterrestres. Et toi, tu places tes corbeilles !

Le jeune blond renifla d'embarras.

— Heu, mais à leurs yeux, nous sommes des extraterrestres. Je veux dire, on vient d'assez loin pour…

La New-Yorkaise tremblait, non de froid, mais de rage.

Il la prit doucement contre lui.

— Tu n'es pas bien traitée à l'abbaye ? Mère Moïrelle n'est pas gentille ?

Elle se dégagea brusquement.

— Il ne s'agit pas de cela ! Le cristal, Paul. Urantiane !

Ce dernier mot fit de l'effet au jeune blond. La nef lui manquait. Et Chad et Vivia aussi.

On vint les trouver. Un autre apprenti du boulanger réclamait l'aide de Paul. Une religieuse, surnommée affectueusement Rinette par les novices, demanda à Penilène de transporter les bûches qu'elles avaient sorties de leur réserve pour l'occasion. Penilène eut juste le temps de presser le bras de Paul et de lui glisser à l'oreille :

— On nous surveille. Mais il faut absolument qu'on s'évade.

Un peu plus tard, les villageois se rassemblèrent. Le mairoit entama un discours ennuyant. Après les applaudissements d'usage, tous se tournèrent vers le ferronnier et la révérende mère Moïrelle. L'abbesse parla des vœux qu'elle et ses novices enverraient ce soir à Khephré le Grand pour que cessent les peurs et les tiraillements entre les familles, mais aussi entre les peuples.

Chacun retira de ces paroles simples l'enseignement ou la sagesse qu'il put. Paul avait écouté parler les gens. Il songea aux enfants enlevés par les lycans. Cela devait cesser. Il comprit alors que mère Moïrelle parlait *aussi* des Sargasses.

Bien que ces gens-là soient d'un autre peuple, d'une autre culture et d'une foi différente, les « Vœux de Khephré » devaient également leur être adressés.

Ferrez fit son propre discours, applaudi par les hommes et écouté par les femmes et les enfants. Le ferronnier allait dans le même sens que mère Moïrelle, mais à sa façon plus virile. Il parla par exemple du savoir-faire extraordinaire des artisans sargasses.

– Cessons de les jalouser. Tentons plutôt d'apprendre d'eux. Cherchons aussi en nous-mêmes. Nous avons certainement des choses à leur faire découvrir et à partager ! Je…

Il s'enflammait. Perspicace, ou simplement plus diplomate, mère Moïrelle lui lança un regard aigu qui doucha son enthousiasme. Entre les tables, en effet, les villageois demeuraient silencieux et même perplexes. Le ferronnier souhaitait-il pactiser avec leur ennemi alors que le duc Ivor entamait des préparatifs de guerre pour le printemps ?

Ballard détourna leur attention en tapant dans ses mains. Aussitôt, les musiciens mirent de l'ambiance. Des couples se formèrent. La piste de danse se remplit.

Paul cherchait Penilène. Ce qu'elle lui avait dit au sujet de leurs compagnons et du cristal le contrariait. Certes, il savait Chad capable de se débrouiller. Il savait aussi que le jeune Asiatique avait, disons, un faible pour Vivia. Jamais il ne l'abandonnerait. Pourtant, Penny avait raison. Les jours s'écoulaient et ils n'avaient aucune nouvelle.

Il la découvrit assise, seule sur un tréteau, alors que tout le monde dansait et s'amusait.

— Penny ?

Elle leva vers lui ses yeux mouillés de larmes. Il avala difficilement sa salive, demanda d'un ton maladroit :

— Tu danses ?

Penilène allait lui dire ses quatre vérités. Cependant, touchée au plus profond d'elle-même, elle se contenta de rétorquer en souriant :

— Tu sais danser ?

Il leva ses deux pouces vers le haut. Ils n'étaient pas chez eux. Aucune des règles régissant leur monde n'avait court ici. Alors, pourquoi pas ?

Il la prit dans ses bras. Ils se regardèrent comme des enfants. Paul bredouilla à son oreille :

— Ne pleure plus. Si Dame Uriella nous a envoyés dans ce village, c'est parce que le cristal s'y trouve forcément.

À son avis, ils devaient s'intégrer davantage, se faire accepter. Ensuite, les langues se délieraient. Pourquoi se compliquer la vie ? Ce soir, c'était la fête. Si les villageois dansaient malgré les enlèvements, la peur des lycans et celle des Sargasses, ce n'était pas parce qu'ils manquaient de cœur, mais parce qu'ils savaient que la vie était précieuse et éphémère. Qu'il fallait la vivre tous les jours et la savourer à chaque instant.

Paul se laissait porter par la musique. Penilène le suivait. Malgré sa nature impétueuse, on sentait qu'elle aimait le rythme, qu'elle appréciait un garçon qui la fasse bouger, même si elle avait tendance à vouloir conduire.

– Penny… lène, je…, reprit-il en rougissant.

Il se rappelait leur première nuit passée au village dans le sous-sol lugubre du ferronnier.

– Oui ?

– Heu, je… Je trouve que c'est dommage. Je veux dire, ce voile, il cache tes cheveux. C'est dommage.

Penilène ne pleurait plus du tout. Ses yeux brillaient, même ! C'est vrai qu'elle avait toujours aimé la musique et la danse. Ses ancêtres ne venaient-ils pas de Cuba ?

Les musiciens interprétaient une gigue d'enfer. Soudain, on entendit le fracas d'une chevauchée et des cris de soldats.

Phébert Montrose déferla sur la petite place avec sa troupe. Le hennissement et le piétinement des sabots effrayèrent les enfants. Le mairoit étant déjà saoul, Ferrez dut prendre les choses en main.

– Montrose, toujours aussi peu diplomate à ce que je vois ! Le vent a trop soufflé dans ta cervelle ou quoi ! Pied-à-terre, mes amis. Venez vous joindre à la fête !

Mais le capitaine n'avait pas galopé depuis le début de l'après-midi pour prendre part aux réjouissances. Il se pencha sur l'encolure de Rafale et tendit au ferronnier l'ordre signé du duc.

L'artisan et le militaire se dévisagèrent. Mère Moïrelle se fraya un passage dans la foule.

— Obéis au duc, Ferrez ! lâcha Phébert. Rends-moi les deux espions.

— Klol et Penilon sont nos invités, Phébert, intervint la révérende mère.

— Capitaine Montrose ! corrigea froidement Phébert, et je…

Il n'eut pas le loisir d'en dire davantage que Ferrez le jetait au bas de sa monture. À la fois outrés et impressionnés, les membres de son escorte tardaient à réagir.

Ferrez prit Montrose par le col de son manteau et donna un léger coup de poing égrillard sur son heaume.

— Tu n'as pas changé depuis l'époque où nous étions tous gamins ! Enfant, tu cherchais déjà ton heure de gloire. Crois-tu qu'arrêter deux innocents te la donnera ce soir ?

Il maintenait le capitaine d'une seule main à 10 centimètres du sol.

— Tu crois que…

Un cri de femme retentit. Puis un autre. Et un autre.

Paul aperçut une silhouette monstrueuse se profiler derrière un étal. Un grognement lugubre emplit le ciel. Les hommes hurlèrent que les lycans attaquaient.

En quelques secondes, la panique gagna le village. Des torches furent renversées. Des nappes et des tréteaux s'enflammèrent. Un lycan fut distinctement vu et aussitôt pris en chasse.

– Protégez les enfants ! s'écria un homme.

Ferrez et Ballard formèrent des groupes de citoyens armés de pics et de tout ce qui leur tombaient sous la main.

Encore sonné, Phébert demeurait au sol. Une novice écarta ses soldats et le secoua :

– Tu attendais ton heure, dit-elle, la voici ! Relève-toi !

Phébert reconnut la fille qu'il aimait depuis son enfance, une jeune blonde rondelette au teint frais.

– Tu as raison, balbutia-t-il.

Il distribua nerveusement ses ordres. Comme il avait du mal à quitter Rinette des yeux, celle-ci le serra contre elle.

– Je sais que tu m'aimes, grand fou ! souffla-t-elle. Tu n'as pas besoin de jouer les héros pour moi. Je t'aime aussi. Va plutôt aider nos amis !

Paul s'était emparé d'un couteau qui traînait sur une table. Cachée sous un tréteau en compagnie d'autres femmes et de leurs enfants, Penilène s'effraya :

– Mais qu'est-ce que tu fais ?

Paul rejoignit le groupe du boulanger Ballard sans répondre. Alors, dépitée et le traitant d'inconscient, la jeune Noire le suivit dans l'affolement général.

Avant que l'on puisse vraiment organiser une stratégie de défense, les lycans avaient disparu. Plusieurs femmes appelaient leurs enfants. Murène vint trouver son mari.

— Qu'y-a-t-il ? s'emporta Ferrez, le visage rouge d'émotion.

— Triana, lâcha la jeune femme d'une voix blanche.

Une autre mère les prévint que Rodebert manquait aussi à l'appel. Une troisième parla de ses deux enfants, également disparus.

Ferrez serra ses énormes poings. C'était la première fois que les lycans s'approchaient aussi près du village. Sa femme lui remit le long bâton noueux terminé par une pointe en métal qu'il trainait d'ordinaire partout avec lui.

— Retrouve notre fille, le supplia-t-elle.

La moitié des hommes valides fut répartie en 10 équipes. Montrose se plia aux commandements de Ferrez et de Ballard, et mit ses soldats à leur disposition. Les autres villageois furent assignés à la protection des familles au cas où les lycans décideraient de revenir.

— Je vous accompagne ! décida Paul.

— Je viens aussi ! ajouta courageusement Penilène.

CHAPITRE 12

La traque

Paul et Penilène avançaient aux côtés de Ferrez en serrant le pieu qu'on leur avait donné. Ils se frayaient un chemin entre les fourrés, les saillies rocheuses et les plaques de glace. Depuis quelques jours, le froid était venu durcir la neige. Si le sol étincelait durant le jour, il brillait cette nuit-là d'un éclat métallique amplifié par la lune. L'oreille aux aguets, le groupe s'éloignait de Pons par l'est — la direction où les paysans avaient trouvé les deux jeunes étrangers.

Outre Paul, Ferrez et Penilène, trois autres hommes composaient leur équipe. Le jeune blond se rappelait vaguement qu'un d'entre eux, un père de famille, avait été parmi les premiers à vouloir les pendre.

Progressant derrière les petits nuages de vapeur qui sortaient de leur bouche, ils étaient à présent soudés par une seule idée fixe : retrouver les enfants enlevés. Les yeux au sol, Ferrez cherchait désespérément une piste.

– Jamais nous n'aurions dû accepter ces monstres si près de nous, grommela un des hommes.

Ferrez ne répondit pas. Regrettait-il leur manque d'initiative ? Leur lâcheté ? En voulait-il au duc d'être trop accaparé par ses problèmes de frontière avec les Sargasses pour leur envoyer des troupes ?

Paul tremblait malgré la tunique, le justaucorps, les chausses doublées et le manteau qu'il portait – les seules choses qu'il avait achetées avec ce qu'il gagnait comme apprenti boulanger ! Penilène n'était pas mieux lotie. Le voile de laine passé sur ses épaules ne la protégeait guère du froid. Cependant, consciente de l'importance de leur équipée, elle ne se plaignait pas et appelait, elle aussi, les enfants disparus.

De loin en loin apparaissait la lueur des torches brandies par les autres groupes. Ferrez et Ballard avaient bien fait les choses. Les différentes équipes avançaient de front et s'enfonçaient en plein territoire lycan.

– Tout de même, laissa tomber Paul au bout d'un moment, depuis combien de temps cohabitez-vous avec ces créatures ?

La question sembla prendre les hommes au dépourvu, car ils mirent quelques secondes avant de répondre. Un d'eux prétendit que les lycans n'étaient arrivés à Musqueroi que depuis deux générations à peine. Un autre parla au contraire d'une centaine d'années.

Ferrez appelait toujours sa fille. Paul sentait que l'enfant était la seule préoccupation de cet homme robuste et volontaire.

Penilène glissa sur le sol.

— Tu t'es fait mal ? s'enquit Paul.

Étourdis de froid et de fatigue — ils marchaient depuis une heure environ —, ils firent une halte. Aucune piste sérieuse n'avait été découverte. Les hommes se demandaient s'ils ne faisaient pas fausse route.

— Il me semble, laissa alors tomber Ferrez, que les lycans vivent parmi nous depuis plus longtemps que ça. Je me souviens que le grand-père de mon grand-père affirmait que des loups énormes peuplaient certaines régions reculées de la forêt. Cela laisse à penser que les lycans…

Il s'interrompit.

— Écoutez…

Des cris percèrent la nuit.

— Ce sont les nôtres, murmura un homme.

Paul balaya l'air glacé avec sa torche. Il ne sentait plus ses mains à travers les bandelettes de coton qui enveloppaient ses doigts.

Un bruit lointain de lutte se fit entendre.

— Ils sont tombés dans une embuscade, lâcha le ferronnier en serrant son long bâton. Avançons encore…

Paul avait l'impression d'étouffer. Trop de froid, trop de stress. Que n'aurait-il pas donné pour être transporté d'un coup de baguette magique à bord d'Urantiane ! La nef se trouvait sans doute dans les environs. Mais où ?

Penilène frottait sa hanche douloureuse.

— Ça va ? s'informa de nouveau Paul.

La jeune Noire avait heureusement la tête et les oreilles protégées par son épais voile de taffetas.

Par contre, la peau de ses joues paraissait givrée, et ses lèvres tremblaient.

L'idée folle d'un bon bain ou d'une douche chaude vint à Paul. Quel bonheur ce serait de se prélasser toute une heure, comme jadis chez lui au ranch ! Il songea à appuyer sur le symbole qu'il portait autour du cou. Si Urantiane se trouvait à proximité, le champ de force qui l'enveloppait changerait de rythme vibratoire. Alors, une fumée diaphane ainsi qu'une belle lumière orangée apparaîtraient et les conduiraient au puits central de la nef…

Une exclamation rompit la rêverie de Paul.

— Là ! s'écria un homme.

La lueur de la lune et celle des torches plaquaient sur le sol de larges taches d'ombre et de lumière. À moitié dissimulées par les taillis chargés de neige, quatre silhouettes se dressaient à 10 pas.

— Enfin ! éructa Ferrez en brandissant son bâton.

Les autres se blottirent dans son dos. Les lycans ne bougeaient toujours pas. Soudain, un cinquième agresseur apparut : une bête étrange et poilue sautillait sur son épaule…

— Chad ! s'écrièrent en chœur Paul et Penilène.

Le jeune Asiatique bougea à la vitesse de l'éclair. Dans un premier temps, il souleva les pans de son poncho. Puis, ses bras décrivirent un arc de cercle : des fléchettes jaillirent de ses mains.

Atteints au cou, deux hommes s'écroulèrent. Chad lança deux autres fléchettes. Le troisième homme ainsi que Ferrez tombèrent, foudroyés.

Sheewa sauta sur le sol et alla chercher Paul et Penilène qu'elle tira par la main. Les lycans avaient assisté à toute la scène en silence.

– Venez, fit le garçon à ses amis sans plus d'explications.

Sur un signe de Chad, deux lycans apportèrent de lourdes couvertures de peau. Ils en donnèrent une à Paul, une autre à Penilène. Puis, agrippant les hommes par les chevilles et les aisselles, ils les placèrent côté à côte et les recouvrirent avec d'autres couvertures.

CHAPITRE 13

Le peuple souterrain

Penilène rêvait qu'elle était de retour chez elle, à New York, dans le Queens. Sa mère lui ouvrait la porte de son appartement. La jeune fille entrait, les mains pleines de ces plaquettes en or qu'Urantiane leur donnait avant chaque mission. Elle disait à sa famille rassemblée qu'elle allait bien, que sa vie était passionnante.

— Je voyage à bord d'une nef qui nous amène d'une dimension à une autre, d'une époque à une autre. Avec mes trois amis, nous avons été chargés par la Dame de Shamballa de retrouver sept cristaux.

Elle leur expliqua ce que représentaient ces cristaux. À quoi ils allaient servir dans un avenir proche.

— La fin du monde, maman ! Toute la civilisation est menacée. Non pas uniquement la nôtre, mais celle aussi du monde du Soleil de cendre et celle du monde du Soleil de cristal.

Sa mère, ses frères et sœurs la regardaient comme l'enfant prodigue de retour.

– De l'or ! Tu nous ramènes de l'or ! s'exclama sa mère en embrassant les plaquettes de métal.

– Maman, je te parle de la fin du monde ! Elle est imminente, assura Penilène. À bord d'Urantiane se trouve un compte à rebours. Paul, un de mes compagnons de voyage, prétend qu'il s'agit là du nombre de battements qui reste au cœur de la Terre avant que les premières catastrophes ne se produisent.

Mais les membres de sa famille ne l'écoutaient plus. Ils s'arrachaient les plaquettes d'or des mains, parlaient fort pour expliquer comment chacun d'eux allait employer cette manne tombée du ciel.

Penilène était sur les nerfs.

– Vous ne comprenez pas ? Si nous ne ramenons pas les sept cristaux à Shamballa, les catastrophes à venir détruiront la Terre. Chacun des trois mondes sera alors dévasté. Écoutez-moi !

Elle martelait encore ces paroles : « écoutez-moi ! » quand Paul la réveilla.

– Que... quoi... ? bredouilla-t-elle.

– Tout va bien, la rassura le jeune blond.

Mais sa voix sonnait faux. Il se retourna vers Chad et demanda :

– Est-ce vrai ? Tout va-t-il... bien ?

Ils se trouvaient dans ce qui ressemblait à une caverne. Des odeurs animales se mélangeaient à des effluves de viande et de chair.

Le mot « tanière » vint spontanément à Penilène. Elle était allongée sur une couche de grain assez semblable aux matelas utilisés par les habitants de Pons.

Paul donna à Chad une franche accolade.

— Je suis vraiment heureux de te revoir, mon vieux!

Le jeune Asiatique sourit, mal à l'aise, et hocha la tête.

— Tout va bien, répéta-t-il.

Un lycan se profila derrière un rideau, le tira, promena sous le nez de Paul des mains aux griffes redoutables et leur tendit un bol d'eau fraîche.

— Vous devez avoir soif, dit-il simplement.

Estomaqués, Paul et Penilène se raidirent. Chad éclata de rire, ce qui les étonna davantage. Depuis quand leur compagnon, d'ordinaire si taciturne, riait-il aux éclats?

— Merci, fit le jeune Asiatique en prenant le bol.

La créature exhiba également un plat contenant des champignons bouillis et des fruits secs.

— Nos amis lycans sont comme les hommes, dit Chad. Ils pensent, ils parlent et mangent de la viande, mais aussi des légumes et des fruits.

— Amis? répéta Paul, incrédule.

Le lycan qui tenait le broc d'eau se permit un léger sourire, ce qui rendit son faciès de loup presque sympathique.

— Mangez un peu, les encouragea Chad. Ensuite, je vous présenterai.

Quelques minutes plus tard, ils marchaient dans les sombres tunnels d'une tanière géante construite sous terre en un lieu secret. Par un jeu étonnant de miroirs et d'anfractuosités se réverbérait la pâle lumière du soleil.

Scientifique en herbe, Paul mit tout de suite en doute cette histoire de «miroirs».

— Pour en construire, il faut…

Il exhiba ses mains.

— ... cinq doigts, dont un pouce pour saisir les objets. Et aussi...

Ils croisèrent un groupe de jeunes lycans. Tous marchaient comme des hommes, sur leurs pattes antérieures, et étaient vêtus de tuniques de couleurs et de coupes différentes. Chad leur demanda la permission de toucher leurs pattes griffues, qu'il exhiba au nez de ses compagnons.

— Cinq doigts, compta machinalement Paul.

Les lycans haussèrent les épaules, l'air de dire que oui, ils en avaient cinq, comme eux ! Et alors ?

Paul et Penilène allaient de découverte en découverte. Les lycans étaient doués d'intelligence et... d'humanité ! Ne souriaient-ils pas ? Ne parlaient-ils pas ?

— Nous les comprenons grâce à l'élémentum, expliqua Chad. Nous jugeons trop facilement ceux que nous ne comprenons pas.

Sheewa jouait avec des jeunes lycans à attraper les fruits secs qu'ils lui lançaient.

Ils parvinrent dans une vaste salle où des taches de lumière tombaient du plafond.

— Le jour est levé, dit encore Chad. Les miroirs accentuent la clarté du soleil gris.

Paul était franchement épaté. Même chez les habitants de Pons, une telle lumière, proche de l'intensité que l'on obtiendrait grâce à une alimentation électrique, n'existait pas.

Chad expliqua que les lycans étaient une vieille race qui avait suivi une évolution parallèle à celle des hommes de ce monde. À la différence de ces derniers, ils avaient dû vivre cachés. Longtemps, les hommes n'avaient fait que les entrevoir. Les lycans avaient d'abord été un mythe. Puis, les siècles passants et la population des 12 clans présents dans le duché de Musqueroi s'élargissant, le territoire des «hommes-loups» et celui des «hommes-hommes» s'étaient interpénétrés. L'existence des «monstres» avait alors été reconnue. Après une cohabitation pacifique et quasi clandestine, les problèmes avaient commencé. Surtout lorsqu'étaient venues des époques de grandes famines durant lesquelles le gibier était venu à manquer. Hommes et lycans s'étaient alors tournés vers la culture. À ciel ouvert pour les hommes, souterraine pour les lycans.

— Mais..., bredouilla Penilène, ces vêtements, ces ustensiles!

Le lycan présent dans leur «chambre» les rejoignit.

— Je me nomme Lycaros, dit-il. Le clan m'a choisi comme intermédiaire entre vous et nous. Chad donna l'accolade à l'homme-loup qui le dépassait de deux têtes.

— C'est Lycaros qui m'a trouvé, déclara-t-il.

Paul et Penilène apprirent qu'après leur séparation dans la forêt, Chad et Sheewa étaient partis à la recherche de Vivia. Des heures de marche, de fatigue et de froid avaient eu raison de leur résistance.

— Peu avant, j'avais croisé un groupe de lycans, dit Chad. Je me suis enfui. Ils m'ont pisté. Lycaros m'a sauvé de ses frères en colère.

Le lycan les invita à s'asseoir sur des bancs-couchettes. Ils apprirent que les hommes-loups qu'ils avaient croisés près du village appartenaient à la famille proche de Lycaros.

— Nous sommes ici dans sa tanière personnelle, ajouta le jeune Asiatique en désignant Lycaros. Les tanières sont reliées les unes aux autres par de très longues galeries. Le clan est formé par une quinzaine de familles. Il y a des chambres, des passages, des salles d'aisance, des chambres à coucher, des salles à manger, des cuisines.

— Incroyable ! s'exclama Paul.

— Pourquoi tant d'étonnement ? reprit Lycaros dont les hauts-de-chausses, le pourpoint jaune moutarde et le manteau sombre et bien taillé ne cessaient d'intriguer le jeune Arizonien.

Il expliqua que les lycans et les hommes avaient des ancêtres communs.

— Vous voulez dire, ici, dans le monde du Soleil de cendre ?

Lycaros ne semblait pas savoir qu'il existait deux autres mondes parallèles également dominés par des hommes.

Un groupe de jeunes vinrent les interrompre. Ils voulaient savoir ce qu'ils devaient faire des tonnes de terre qu'on leur avait demandé de déplacer. Lycaros leur indiqua une galerie inoccupée.

Paul et Penilène échangèrent un regard perplexe. Lycaros s'en aperçut et dit :

— Chez nous aussi tout le monde travaille. Venez, il faut que je vous montre quelque chose...

Ils gagnèrent une salle dont les parois étaient composées de magnifiques vitraux taillés et gravés de fresques. Au centre, éclairés par un puits vertical se trouvaient un dais et un lutrin. Lycaros expliqua que ce lieu était en quelque sorte leur chapelle. Et que le livre exposé sur le lutrin se trouvait être une version différente des écrits vénérés par les hommes de Musqueroi.

— Vous voulez dire, balbutia Penilène, que vous et les Musquerois êtes adeptes de la même croyance ?

— Nous suivons la philosophie édictée jadis par Khephré de Nomah, en effet, affirma Lycaros.

— C'est dingue ! lâcha Paul, un peu perdu.

— Toute situation complexe peut être expliquée à qui veut ouvrir son âme, écouter et comprendre avec son cœur, répondit Lycaros.

Il prit délicatement le livre, le porta à son front, ferma les yeux avec respect pendant quelques secondes.

— Autour de vous se trouve représentée l'histoire de notre peuple depuis l'arrivée de Khephré et de ses disciples en terres de Musqueroi.

Paul et Penilène s'accroupirent devant le premier pan de vitraux et découvrirent Khephré entouré de ses compagnons.

— Observez bien, indiqua Lycaros, les élèves de droite…

— Ils semblent avoir la peau très foncée, admit Paul.

— Foncée ? rétorqua Penilène. Dis plutôt qu'ils sont super poilus !

Lycaros révéla qu'il s'agissait en fait de Lycaron et de sa femme, Ycara. Deux lycans venus de terres lointaines situées beaucoup plus au nord. Chassés de chez eux, ils avaient longtemps marché avant de rencontrer un autre paria : l'humain philosophe Khephré.

— Ensemble, ils ont vécu des expériences d'ordre spirituelles. Ensemble, ils ont élaboré les bases philosophiques qui sont devenues, aujourd'hui, la religion que l'on connait.

» Ils sont venus en terres de Musqueroi avec leur ami Khephré et d'autres hommes – les compagnons. Dans les forêts reculées du duché vivait déjà un clan de lycans primitifs. Après les persécutions qui ont détruit la belle harmonie qui régnait au sein du groupe, Lycaron et Ycara se sont réfugiés auprès d'eux, les ont pacifiés et éduqués. Les clans qui existent aujourd'hui sont les descendants du clan d'origine.

– Je comprends pourquoi, dit Paul, il se trouve dans vos galeries des décorations en papier semblables à celles du village de Pons.

– Nous fêtons nous aussi la fête de Kephris, assura Lycaros.

L'homme-loup ne le dit pas – sans doute par pudeur –, mais d'après les archives sacrées sa famille descendait directement des deux compagnons de Khephré.

– Bien entendu, poursuivit-il, en reprenant les dogmes de Khephré, les hommes qui vécurent 100 et 200 ans après lui ont été bien embêtés devant les gravures qui représentaient Lycaron et Ycara. Ne pouvant imaginer pareil sens de la fraternité, ils se sont sentis obligés d'effacer toute trace de nos ancêtres lycans. Si vous cherchez bien dans leur Évangile, vous découvrirez que les deux hommes-loups originels ont été rebaptisés Caron et Ikar : deux hommes au teint basané et non plus deux lycans, dont une femme…

Paul et Penilène étaient bouche bée. Lycaros les prit amicalement par les épaules.

– Vous avez vu, tout à l'heure, nos jeunes transporter de la terre. Vous connaissez la situation qui prévaut dans le duché et même au-delà ?

Tant de découvertes en même temps avaient altéré le jugement et le bon sens de Paul. Mais Penilène osa poser la question qui lui brûlait les lèvres.

– Les enfants ? demanda-t-elle. Ont-ils été…

– … mangés ? termina Lycaros.

Il éclata de rire.

– Par ici, je vous prie.

Dans une salle voisine – sorte de garderie bien éclairée pour jeunes lycans – jouaient les quatre enfants des hommes du village de Pons.

Lycaros avoua avoir ordonné ces enlèvements à des fins d'éducation.

– Tant pour nos jeunes que pour les enfants des hommes. Si l'on apprend à se connaître et à parler la même langue, on peut arriver à s'accepter et à se respecter. Et puis, avec les générations, qui sait… même à s'apprécier ! En tout cas, je veux le croire.

– Vous auriez pu envoyer une invitation écrite aux parents au lieu de les enlever à leurs familles, ronchonna Penilène.

Réalisant qu'ils n'étaient pas à New York, elle s'empressa d'ajouter :

– Oubliez ça !

Paul était impressionné par la verve et l'érudition de ce lycan à l'allure distinguée.

Il allait lui poser une foule de questions, mais ne pipa mot, car l'homme-loup était devenu grave et tendu. La réflexion de Penilène l'avait-il mis en colère ?

— Hélas, répondit Lycaros, je crains qu'une guerre ouverte entre nos deux peuples ne soit imminente.

— À propos, reprit Penilène, et la petite Libeï ?

Lycaros secoua la tête.

— Elle n'est pas chez nous. Mais rassurez-vous, elle va bien. Enfin, mes informateurs me l'ont affirmé…

— Vous permettez ? insista Penilène en montrant les enfants.

— Bien sûr !

Penilène rejoignit Triana, Rodebert et les autres. Elle prit la fille du ferronnier dans ses bras.

— Tout va bien aller. Nous allons vous ramener chez vos parents.

Triana la dévisageait.

— Bien entendu que tout va bien ! On s'amuse !

Rassurés sur le sort des enfants, ils retournèrent à la chapelle. Des corridors voisins leur parvenait la sourde rumeur de nombreuses personnes au travail.

— Ils bouchent les entrées de nos tanières, expliqua Lycaros. Les hommes de Pons vont venir. Ils seront accompagnés par des troupes envoyées sans doute de Musquerine.

Pour un lycan vivant sous terre, celui-ci était bien informé.

Lycaros comprit la réflexion que se faisaient Paul et Penilène.

— Nous avons nos artisans, nos marchands, nos cultivateurs, nos politiciens et nos soldats, dit-il. Je répugne à m'abaisser à combattre. Mais il s'est produit une chose terrible, dernièrement, qui risque de nous anéantir tous.

— Les enlèvements d'enfants ? s'enquit Penilène.

Chad écoutait tout en jouant avec Sheewa.

– Non, répondit Lycaros.

Il sembla hésiter. Un doute l'étreignait. Puis, tandis que Chad l'encourageait à poursuivre, il ajouta :

– Un des nôtres, en fait mon propre frère, a commis un acte sacrilège interdit par notre code de conduite. Il a désobéi et a été exilé pour cela. Mais le mal a été fait.

Paul fronça les sourcils :

– Le mal ?

– Un mal terrible.

Chad intervint. Il n'était pas convaincu que cela soit une si grande calamité.

– L'avenir est plein de surprises, plaida-t-il. Ce qui a été fait peut, au contraire, amener une issue favorable.

Lycaros en doutait.

– Mon frère pensait la même chose...

Une pensée frappa Paul.

– Vivia !

Il reprit aussitôt en dévisageant Chad :

– Je m'étonne même qu'elle ne soit pas avec nous !

– Vivia se porte bien, on me l'a assuré, dit le jeune Asiatique. Elle vit à Musquerine chez le duc Ivor.

Il se tut, chercha ses mots :

– Je l'ai vu dans l'élémentum. Cela devait se passer de la sorte. Nous devions être séparés pour le bien de notre mission.

– Et le deuxième cristal ? s'exclama Penilène. Les hommes de Pons semblent tout ignorer de son existence.

– Ils mentent, assura Lycaros. Il existe bien une pierre précieuse utilisée par un groupe de philosophes qui vivent en reclus dans la forêt.

Il posa ses grandes pattes sur leurs épaules et ajouta :

– Chad attendait les circonstances idéales pour que nous vous ramenions ici. À présent, il est temps pour moi de vous aider à récupérer ce cristal.

Il marcha jusqu'à l'autel, souleva de nouveau le livre saint.

– Car, voyez-vous, il a été prédit autrefois que quatre étrangers portant la marque des trois mondes-soleil sur leur épaule sauveraient le peuple des lycans à l'heure du grand danger. Aussi, je pense sincèrement qu'en vous aidant à récupérer votre cristal, je peux préserver mon peuple…

CHAPITRE 14

La chevauchée nocturne

Après sa métamorphose, le duc Ivor s'était terré durant le jour et avait attendu la nuit avant de prendre la décision de faire préparer un carrosse. Depuis, monsieur Picwitt jouait les cochers improvisés, et l'attelage bringuebalait sur les pavés de la cité.

Assis face à face dans l'habitacle drapé de velours bleu semé d'étoiles et de dragons, Vivia et le duc évoluaient dans des mondes à part. L'adolescente restait perplexe. La nuit dernière, elle avait cru pouvoir s'échapper et retrouver ses amis. Au lieu de cela, elle avait en quelque sorte chassé le lycan dans les rues de Musquerine et découvert que le duc était l'un d'eux.

La journée avait passé lentement. Monsieur Picwitt était venu comme d'habitude lui faire la leçon. Vivia revoyait encore le nain, avec son air triste et songeur, et son bandage sur la joue.

Sa femme lui en avait fait un autre, assurait-il. Fin musicien, il avait ensuite sorti un violon et avait entamé un air qu'il souhaitait enjoué. Tous deux avaient évité de parler des événements de la nuit précédente.

Le carrosse obliqua vers la gauche. Le choc envoya la jeune fille contre le duc. Les deux s'excusèrent en même temps. Puis Ivor tendit la tête hors de la voiture pour respirer l'air vif. Lorsqu'il rentra le cou, Vivia exhibait un bijou.

– À vous…, je crois, bredouilla-t-elle.

Comme elle regrettait de ne pouvoir couramment parler sa langue ! Il lui semblait que cet homme souffrait 1000 morts. À sa place, en tout cas, elle ne se serait pas sentie mieux.

Ivor prit sa bague. Il croyait l'avoir perdue.

– J'imagine que vous vous posez des questions, dit-il doucement.

Vivia hocha la tête. Alors, tout en sachant qu'elle ne pourrait sans doute pas tout comprendre, Ivor se mit à parler.

Les hommes et les lycans étaient en guerre depuis des décennies. Ce n'étaient souvent que des escarmouches, car ces créatures se gardaient de les attaquer de front. D'ailleurs, personne n'avait jamais pu découvrir leurs tanières.

Une nuit, alors que les paysans de la région de Pons lui avaient demandé son aide, Ivor était parti dans la forêt à la tête d'une compagnie de chevaliers. Lors d'une échauffourée, le duc et son cheval avaient été renversés par un de ces monstres.

À demi-conscient, Ivor avait tenté de se battre. Mais empêtré dans son armure, il n'avait rien pu faire contre les griffes et la hargne de son adversaire. Une douleur aigüe à la gorge l'avait terrassé.

— Avec le temps, ma blessure s'est cicatrisée, poursuivit le duc. Mais ses conséquences funestes ont transformé ma vie en cauchemar.

Ivor ignorait au juste ce que lui avait fait le lycan. Toujours est-il que lorsqu'il vivait trop de stress ou une émotion trop violente, il se métamorphosait en une de ces créatures. Cela survenait spécialement les nuits de pleine lune.

— Depuis, ces crises nuisent à mon travail. Je ne peux plus à la fois régner et gouverner. Je dois déléguer mes pouvoirs à des chanceliers.

Il tendit de nouveau le cou hors de la voiture, inspira profondément. Lorsqu'il rentra la tête, l'expression de son visage était à la fois triste et anxieuse.

Vivia ressentait sa douleur. Elle imaginait combien il devait être difficile de se tenir au milieu d'une foule et de craindre la venue d'une nouvelle crise.

— Mes ministres et courtisans me croient malade. Dépression ou mal de vivre, ils ne savent trop. Peut-être pensent-ils que je suis fou !

Il prit sa tête dans ses mains.

Cet homme si distingué qui lui confiait sa souffrance déconcertait Vivia. Elle posa sa main sur l'épaule du monarque.

— Vous peur assassiné ?

Ivor la dévisagea.

— J'ai cru, en vous voyant la première fois, que vous aviez effectivement été envoyée pour me tuer.

Vivia n'était pas certaine d'avoir tout compris. Alors, elle sourit.

Ivor sortit un carré de papier de la poche intérieure de son manteau.

— Il y a quelque temps, un mystérieux personnage m'a adressé plusieurs mises en garde.

Il exhiba la missive.

— Cet homme sait que je suis à présent à moitié lycan. Il m'accuse de ne plus être en mesure de travailler au bonheur de mon peuple. Dans un premier temps, il m'ordonnait de me retirer, de confier le pouvoir à un membre de ma famille ou bien au chef d'une autre famille noble. Puis, comme je ne donnais pas suite à ses menaces, il m'a envoyé un second message, que voici.

Ivor expliqua que le « personnage » en question se faisait appeler « le philosophe de la pierre ». Celui-ci le prévenait que s'il persistait à conserver le pouvoir malgré son état, une enfant viendrait prochainement pour l'assassiner.

Vivia tentait de voir clair dans le discours du duc. Comme elle aurait souhaité que monsieur Picwitt soit présent ! Au moins, le nain l'aurait aidé à traduire.

Le ton, néanmoins, trahissait la frayeur d'Ivor. Si jamais ce personnage envoyait également des messages à ses ministres et ses courtisans, c'en serait fait de lui !

L'attelage s'arrêta. La ballade était-elle terminée ? Monsieur Picwitt ouvrit la portière et offrit son bras à Vivia. Il chuchota à son oreille qu'un passage secret s'ouvrait à quelques pas.

La silhouette massive d'un bâtiment se découpait dans le clair obscur. Vivia resserra sur son cou les cordons de sa cape. Le duc la précéda dans un étroit corridor. Ils gravirent un escalier en colimaçon. De temps en temps, par une trouée dans la paroi, ils apercevaient la lueur de quelques bougeoirs oubliés. Des pas les forçaient à s'arrêter et à attendre. Un domestique passait. Un garde relevait un camarade.

Vivia n'osait poser de questions. Le duc déclara qu'à cette heure, « ils » devaient se tenir dans la grande salle du château.

Interloquée, la jeune fille ne put que le suivre. Ils s'arrêtèrent devant un petit loquet installé dans le mur. Le duc l'ouvrit, y colla son front, observa…

Au bout d'un long moment – des rires et le flot d'une paisible conversation filtraient jusqu'à eux –, Ivor se recula dans l'obscurité. Vivia entraperçut son visage curieusement détendu et même souriant, et demanda poliment si elle pouvait regarder à son tour.

L'adolescente découvrit deux femmes somptueusement vêtues. L'une était grande, belle et coiffée avec soin. L'autre plus âgée et comme tassée sur elle-même. Toutes deux cousaient à la lueur d'un grand feu.

Il y avait de la buée aux carreaux. Les riches tentures qui pendaient aux murs et les meubles cossus indiquaient que ce château était celui de personnes de qualité. Les rires provenaient surtout des enfants. Trois jeunes, âgés entre 5 et 11 ans. Un garçon et deux fillettes.

– Mon fils se nomme Gouri, expliqua le duc. Il est mon héritier légitime. Et voici les petites Civianne et Myria. La dame qui boit son thé à petites gorgées et qui tisse une écharpe de laine est ma femme. L'autre est ma mère.

Ivor laissa sa voix en suspend. Vivia sentit qu'il se taisait pour ne pas pleurer. Entre les hauts murs du passage secret, le silence était lugubre.

— C'est pour les protéger que vous les avez éloignés ? demanda Vivia dans sa propre langue.

Le duc sembla comprendre, car il hocha la tête.

— Nuit après nuit, j'ai crains de me réveiller et de me transformer sous les yeux effrayés de ma femme. Chaque nuit j'ai crains, possédé par ma folie, de blesser mes enfants.

Écrasé par ce fardeau invisible, il se tut de nouveau, et referma le loquet. Vivia se sentait dans l'obligation morale de faire quelque chose pour cet homme brisé. Mais quoi ?

— Moi, pas venue assassiner vous, dit-elle.

Ivor la rassura : il la croyait, à présent.

— Vous êtes une voyageuse, m'a dit Picwitt. Vous venez de loin pour récupérer un cristal.

Vivia comprit ce dernier mot et approuva. Ses amis et elle avaient besoin de cette gemme dans un but noble pour sauver, dans l'avenir, des milliards d'êtres humains.

Soudain, telle une lumière qui efface les ténèbres, une idée germa dans l'esprit de la jeune fille.

Lui touchant le bras, elle dit :

— Moi savoir aider vous. Vous faire confiance moi ?

CHAPITRE 15

Un bol de chocolat chaud

Après quelques secondes de réflexion, le duc répondit qu'il était d'accord. Ils regagnèrent l'attelage, qu'ils échangèrent contre un solide traineau. Rouk fut engagé comme cocher. Monsieur Picwitt se blottit sur la petite plateforme arrière. Vivia et le duc s'installèrent confortablement, recouverts par d'épaisses peaux de bêtes.

— Et vous êtes certaine du chemin ? demanda le souverain.

Vivia hocha la tête même si elle se traitait mentalement de folle.

Jamais je n'aurais dû lui faire cette proposition !

Le vent sifflait à ses oreilles. Un malaise croissant et ses « fichus » étourdissements lui donnaient de nouveau la nausée. Le souverain se pencha vers elle.

— Est-ce que ça va, jeune fille ?

Vivia songeait qu'elle avait pris sa décision trop légèrement et sous le coup de l'émotion. Quand ils parvinrent enfin près de l'endroit où Rouk l'avait trouvée, l'aube rosissait le ciel.

— Est-ce loin d'ici? s'informa monsieur Picwitt en mettant pied-à-terre.

Vivia avait beau avoir perdu des bribes de son passé, elle se rappelait avec précision le détail de ses aventures depuis sa quête des quatre éléments en Ancépalomie du Nord*.

Elle hocha la tête pour répondre «non» au nain, retrouva l'écharpe rouge enroulée autour du rocher, puis la jaune nouée à un tronc.

— Nous approchons.

Je commets peut-être une énorme bêtise!

Elle prit son médaillon dans sa main.

Rouk poussa soudain un grognement et bondit dans un fourré voisin. Il en tira le corps d'un homme évanoui. Vivia se pencha sur le visage du malheureux.

— Il vit encore, souffla-t-elle, mais son pouls est faible.

Le duc s'approcha. Monsieur Picwitt éclaira l'inconnu avec sa lampe à huile.

— Je le reconnais, dit le souverain. C'est un de mes capitaines. Je l'ai envoyé...

Il se rappela les paroles de Vivia : «Mes amis et moi sommes venus de très loin pour...»

— Cet homme est blessé, indiqua Picwitt.

— Sans doute y a-t-il eu une bataille entre les hommes du village de Pons et les lycans, en déduisit le duc.

Il se tourna vers Vivia :

— Eh bien, jeune fille?

---

* Voir le tome 1 : *Les porteurs de lumière.*

L'adolescente n'avait plus le choix. Que n'aurait-elle donné, en cet instant, pour ne pas leur avoir promis son aide ! Elle retint son souffle et pressa son pendentif entre ses doigts.

Faites que je me sois trompée d'endroit ! pria-t-elle intérieurement.

Mais Urantiane était bel et bien là, enveloppée dans son halo d'énergie. Sous les yeux émerveillés des hommes et du lycan, un jaillissement de lumière et de vapeur embrasa la clairière.

Les jambes molles, Vivia détacha un petit morceau de glace du sol gelé. Elle s'approcha ensuite de la rampe d'accès. Monsieur Picwitt, puis le duc et Rouk qui portait le capitaine Montrose toujours évanoui, montèrent également à bord de la nef.

Dès que Vivia mit le pied dans le cockpit, Urantiane parut s'éveiller d'un long sommeil. Une clarté diffuse émana de la coupole.

Tout d'abord effrayés par l'aspect intérieur de la nef, les trois adultes émirent des sifflements d'admiration. Le duc posa sa main sur une console. Le contact avec ce matériau noble, propre, doux et parcouru de légères vibrations termina de l'impressionner.

— Vous venez sans doute de très, très loin, laissa-t-il tomber, songeur.

Monsieur Picwitt allait d'un siège à un autre tandis que le duc montait sur la mezzanine et tournait autour du poste de pilotage proprement dit.

Vivia alla placer son morceau de glace sur la plaque de l'élémentum réservée à son élément. Quel dommage qu'elle ait égaré son nouveau creuset ! Ensuite, songeant au capitaine qui gémissait, elle descendit dans la cabine des filles chercher sa propre couverture.

Rouk installa le blessé dessus.

Vivia avait la tête qui tournait. Elle ressentait de nouveau ce malaise qui l'avait incommodée à plusieurs reprises.

Debout devant le symbole de la quête et le compte à rebours « des battements de cœur restant à la Terre avant l'avènement planétaire », le duc discutait à voix basse avec le nain.

La jeune fille avait une envie folle d'aller prendre une douche chaude. Mais décidant qu'il était temps d'agir, elle se plaça devant l'élémentum. Le souverain la rejoignit et l'interrogea au sujet de cette série de chiffres qui allait décroissant.

L'adolescente leva une main :

– J'ai une autre idée.

La glace commençait à fondre sur la plaque. Elle posa une main dessus, et de l'autre saisit celle du duc.

– Prenez également celles de monsieur Picwitt et de Rouk !

Embêtés, le duc, le nain et le lycan se tinrent par la main.

La plaque s'activa. Ils poussèrent un cri de surprise et de douleur. Lorsque leur transe s'acheva, ils se sentirent un peu étourdis. Monsieur Picwitt se laissa même tomber sur le siège de Chad.

– Que s'est-il passé ? se récria le duc.

Vivia souriait. Non seulement elle avait mentalement reçu des indices qui devraient l'aider à trouver le cristal, mais elle pouvait désormais répondre au souverain sans plus chercher ses mots.

— L'élémentum nous enseigne les langues, mais aussi parfois certaines coutumes des peuples que nous visitons.

— Vous avez appris notre langue? s'étonna le souverain, admiratif.

— Moi aussi! répliqua une voix sourde et grave dans leur dos.

Rouk parlait! Il s'exprimait en musqueroi sans accent ou presque!

Vivia était heureuse. C'était sans doute une folie de les avoir conduits dans la nef, mais son intuition se révélait exacte : eux aussi avaient appris quelque chose grâce à l'élémentum!

Les trois adultes se regardèrent comme pour la première fois. Le capitaine gémit de nouveau. Dressé sur un coude, il semblait fasciné par ce qu'il voyait.

— Le jour se lève, déclara Vivia. Voulez-vous boire quelque chose de bon et de chaud?

Imitant Penilène qui avait déjà utilisé la console «cuisine», elle leur prépara du chocolat chaud qu'elle servit dans des tasses trouvées à l'intérieur de l'alcôve située sous la plaque chauffante.

— Si vous avez besoin d'utiliser les toilettes, c'est en bas, ajouta-t-elle.

Monsieur Picwitt s'absenta. Ils l'entendirent s'exclamer un : «C'est prodigieux!» bien sonné.

— Ce breuvage est divin, annonça le duc en essuyant sa barbiche.

— C'est Urantiane qui est extraordinaire, répondit modestement Vivia.

— Recèle-t-elle d'autres merveilles de ce genre?

– Je crois qu'elle cache bien des choses dans ses placards, plaisanta l'adolescente, à la fois fière et gênée.

Elle sourit et grimaça en même temps, car elle avait encore l'impression de trahir la confiance de ses amis. En effet, même s'ils n'en avaient jamais parlé ouvertement, il était entendu qu'Urantiane devait demeurer leur secret.

De plus, il semblait à l'adolescente qu'Urantiane les voyait et les entendait, et qu'elle n'appréciait pas. Désireuse de les faire sortir au plus vite maintenant qu'ils s'étaient réchauffés et instruits, elle désinfecta la plaie du capitaine Montrose.

Le duc somma son officier de s'expliquer.

– Il y a eu des combats, bafouilla Phébert. Les lycans ont enlevé d'autres enfants dans le village de Pons. En partant à leur recherche, nous sommes tombés sur une embuscade.

Sa voix était-elle différente ? Le froid, peut-être. Ou bien était-il enroué !

Le lycan ne pipait mot.

– Au fait, voulut savoir Vivia, je me suis toujours demandé comment vous aviez fait la connaissance de Rouk !

Le duc et monsieur Picwitt échangèrent un regard de connivence. Ce fut le nain qui expliqua :

– J'ai découvert Rouk blessé. J'ignore pourquoi, mais je n'ai pu ni le livrer au sergent du guet ni l'achever. Sans doute, ajouta-t-il, parce que Monseigneur était déjà atteint par…

– Nous avons pensé, l'interrompit le duc, qu'en gardant ce lycan vivant, il pourrait m'informer sur les causes de mon mal, me guérir peut-être ou en tout cas m'aider.

Monsieur Picwitt semblait très heureux de pouvoir, grâce à l'élémentum, dialoguer librement avec le lycan.

– Et Rouk nous a beaucoup aidés, insista-t-il. En prenant soin du duc lorsque j'étais occupé, en le suivant quand, sous l'effet de ses transformations, Monseigneur partait en hurlant dans les souterrains du château. Et…

Le lycan dévisageait le capitaine Montrose.

Réalisant qu'il venait de trahir le grand secret de son maître devant un militaire de Musquerine, le nain mordit ses grosses lèvres.

Vivia avait hâte de revenir à ce qui la tracassait vraiment.

– Monsieur le duc, dit-elle, vous m'avez dit vouloir connaître ces philosophes qui menaçaient de vous assassiner. De mon côté, je tiens à retrouver le cristal que mes amis et moi-même sommes venus chercher.

Le souverain dardait son regard sur l'adolescente, qui reprit :

– J'ai eu une révélation, tout à l'heure. Je sais où se cachent ces philosophes.

Le capitaine demanda à son tour à se rendre aux toilettes. Quand il revint au bout de plusieurs minutes, il fallut que Vivia les mette dehors presque de force tant ils posaient des questions sur la nef, ses capacités de vol, sa puissance. Ils étaient mêmes curieux de savoir si elle était équipée d'armes !

Vivia, elle, voulait savoir où étaient ses amis. Le capitaine Phébert lui avait révélé que Paul et Penilène

– il les avait appelés par leurs vrais prénoms – figuraient au nombre des volontaires partis à la recherche des enfants enlevés. Il ignorait par contre où se trouvaient Chad et ce petit singe-araignée qu'ils nommaient Sheewa.

Impatient d'en découdre avec ceux qui menaçaient sa vie, le duc commanda :

– En avant !

*

Au même moment, Chad, Sheewa, Paul et Penilène se frayaient un chemin dans une sente enneigée. La jeune Noire n'arrêtait pas de se plaindre. À l'entendre, elle avait attrapé mal à force de marcher dans le froid !

Ils avaient quitté la tanière du clan de Lycaros deux heures plus tôt. La clairière ressemblait à celle où les attendait Urantiane. Par habitude, Paul pressa son médaillon sans, hélas, que n'apparaisse sa chère nef.

– Moi, déclara la New-Yorkaise en reniflant, je ne vois rien.

– Ici ! décréta Chad en montrant du doigt un énorme rocher.

Lycaros leur avait expliqué qu'en été un rocher en forme d'ours surmonté par un arbre possédant trois troncs jumeaux servait de lieu de culte aux philosophes.

– Si ce rocher est le bon, dit Paul, alors cet arbre est celui que nous cherchons.

Penilène était épuisée. Cette mission commençait sérieusement à lui peser.

– Lycaros assure que ces philosophes vénèrent une pierre verte, la rassura le jeune blond. Il s'agit sans doute de notre cristal. On s'introduit dans leur repaire, on prend le cristal, on regagne Urantiane. Ni vu ni connu !

La jeune Noire grimaça. Il n'y avait que Paul pour croire que les choses allaient se dérouler aussi facilement.

– En attendant, s'impatienta-t-elle, dis-nous quel est l'indice que t'a livré l'élémentum !

– L'image qui m'est venue, répondit l'adolescent, montrait un faisceau de branches. J'avais l'impression qu'il s'agissait de manettes ou bien de leviers.

– Décide-toi ! Des branches ou des manettes ?

– J'ai vu aussi le chiffre 4.

Chad grimpa sur le tronc du centre et tendit la main vers Sheewa qui poussait ses petits cris aigus.

– Calme-toi ! Tout doux, répéta l'adolescent.

Mais la femelle singe-araignée lui échappa encore. Il tenta alors de la happer, manqua son coup, se raccrocha à une branche… Une trappe s'ouvrit devant l'arbre. Penilène sentit le sol se dérober sous ses pieds.

– J'avais raison ! s'exclama Paul.

Il s'accroupit.

– Est-ce que ça va ?

Penilène se frottait le bas du dos.

– C'est malin !

Chad et Paul sautèrent dans le trou. Trois corridors partaient du petit vestibule creusé sous la clairière.

Le jeune Asiatique dégaina son sabre.

– Et maintenant, sais-tu par où aller ?

Paul s'excusa. Il n'avait vu que les troncs et le chiffre 4.

— Je me suis raccroché à la quatrième branche, se rappela Chad.

Penilène avait horreur d'être laissée pour compte. Les voyant hésiter, elle choisit un corridor au hasard.

— Plus vite on aura retrouvé le cristal, plus vite on pourra quitter ce monde ! trancha-t-elle en éternuant.

*

Vivia, le duc, Rouk, le capitaine Phébert et monsieur Picwitt découvrirent, au pied d'un arbre, une jeune fille qui creusait le sol avec un piolet. Tapis dans les buissons, ils l'observèrent sans bruit pendant quelques minutes.

L'inconnue devait avoir entre 16 et 19 ans. Elle extirpa deux champignons et un sarment de racines qu'elle plaça dans un panier recouvert d'une serviette. Ensuite, elle repartit comme elle était venue.

Vivia adressa un geste de la main à ses compagnons.

— Faut-il la suivre ? s'enquit le duc.

— Oui, répondit l'adolescente. Une partie de ma vision m'a montré cette jeune fille…

CHAPITRE 16

L'arche d'émeraude

L'inconnue disparut derrière un enchevêtrement de roches. Monsieur Picwitt se dandina jusqu'à la paroi et trouva une ouverture.

– Elle est entrée là.

Ils découvrirent une grotte dont la sente principale descendait en pente douce sous la forêt.

– Cet endroit me rappelle notre propre réseau de passages secrets.

Rouk demeurait sur ses gardes. Les odeurs qui lui venaient n'étaient guère rassurantes…

– Que percevez-vous ? lui demanda le nain qui connaissait bien les habitudes du lycan.

Ivor avait l'impression d'être une mouche engluée dans une toile d'araignée. Suivre les conseils d'une « extraterrestre » venue à bord d'une nef spatiotemporelle pourrait-il l'aider à sauver sa vie et son peuple ?

Seul le capitaine Phébert, ragaillardi depuis son séjour à bord d'Urantiane, avançait d'un pas assuré. Ils atteignirent bientôt un surplomb rocheux qui dominait une salle souterraine peuplée de monolithes étincelants.

Vivia crut voir le capitaine caresser un rocher comme s'il voulait lui communiquer quelque chose. Un malaise doublé d'un étourdissement la gagna aussitôt. Heureusement, depuis son arrivée à Musqueroi, elle n'avait plus craché de sang !

– Regardez ! dit monsieur Picwitt.

La jeune inconnue avait disparu. Par contre, deux hommes vêtus de tuniques blanches et de cagoules portaient une fillette sur une sorte de litière faite avec des branches tressées. Accompagnés par des gardes munis de torches, ils déposèrent l'enfant près d'une arche de pierre naturelle.

Les hommes plantèrent les torches dans le sol en un cercle parfait autour de l'enfant allongée sur une dalle placée à six ou sept pas de l'arche.

Le souffle court, la vue embrouillée, Vivia grelottait. Malgré une tiédeur d'origine volcanique venue des entrailles de la Terre, la grotte était froide et humide.

Monsieur Picwitt lui adressa un sourire d'encouragement.

– Imagine-toi vêtue d'un chaud manteau de laine et tu te sentiras mieux !

Les gardiens se retirèrent. Une troisième personne cagoulée s'approcha alors de la fillette et saupoudra sur sa tête une substance verdâtre. Elle se pencha à son oreille, murmura des paroles que ni Vivia ni ses compagnons ne purent entendre.

Le personnage s'avança ensuite sous l'arche et ôta de son cou une chaine alourdie par une pierre translucide aux reflets verts.

– Le jour s'est levé, dit-il à l'enfant d'une voix grave. Ton heure est venue.

Il gravit un étroit escalier qui conduisait au sommet de l'arche où se trouvait la statue d'un homme qui tendait ses mains, jointes et ouvertes, devant lui. Le personnage en cagoule fixa un lointain interstice pratiqué dans le plafond de la salle, et attendit quelques instants qu'une étoile de jour apparaisse. En un geste plein d'assurance, il plaça ensuite la pierre de son pendentif dans les mains de la statue.

De retour près de l'enfant, il caressa sa joue et lui dit :

– Khephré sera bientôt avec toi.

Vivia devait-elle demeurer immobile pendant cette cérémonie angoissante ? Le duc demanda au capitaine si cette fillette n'était pas une des paysannes enlevées dernièrement. Montrose ne répondit pas. Quelque chose dans son attitude suggérait qu'il était anxieux.

Un rayon de soleil tombait maintenant du plafond. En effleurant les mains de la statue, il prit une teinte verdâtre. La fillette se traîna sur le sol en direction de l'arche où scintillait à présent une magnifique voûte de lumière.

– Comme c'est beau ! s'émerveilla Vivia.

Demeurés en retrait, les trois philosophes encourageaient l'enfant. Durant sa lente reptation, Vivia avait pu identifier son handicap. Son bras droit était malformé, ses jambes flasques et sans vie.

Elle parvint sous l'arche. Plusieurs gongs résonnèrent. Un chœur composé de voix d'adultes et d'enfants emplit la caverne. Répercuté par les parois, le chant se modula en une vibration riche et mélodieuse.

Vivia fermait les yeux. Ce chant lui faisait beaucoup de bien. Des images indistinctes prenaient forme dans sa tête. L'adolescente imaginait des ciels bleus et mauves entremêlés, des villes de lumière flottant au-dessus d'un océan.

Une exclamation étouffée la ramena à la réalité.

L'enfant tentait de se lever. Ses jambes tremblaient. Elle tendait les bras telle une aveugle. Autour, la lumière se densifiait comme si elle cherchait à se conformer à la volonté secrète du chant. Monsieur Picwitt avait les larmes aux yeux.

Enfin, la fillette parvint à se tenir debout. Alors, la lumière commença à pâlir. La vibration mourut d'elle-même. L'homme en cagoule récupéra son précieux pendentif et rejoignit la fillette qui pleurait doucement.

Les deux autres philosophes masqués les entourèrent, imités par une vingtaine de jeunes et d'adultes qui tenaient à embrasser et à féliciter la petite miraculée.

Le propriétaire du pendentif semblait être le chef. Il révéla à la fillette que si la pierre magique de Khephré avait pu l'aider, c'est surtout parce qu'elle était elle-même prête à vouloir se libérer de ce qu'il appela « ses chaînes ».

Vivia était heureuse pour cette enfant. Elle l'était tout autant d'avoir enfin trouvé le cristal !

La fillette fut enveloppée dans une couverture. La grande salle commença à se vider. Le duc laissa tomber que ces gens étaient bien les mystérieux philosophes de la pierre — ceux qui voulaient sa mort.

– Capitaine, s'enquit le nain, avez-vous reconnu un de ces enfants ?

Mais Phébert était perdu dans ses pensées. Rouk affirma que ses frères lycans n'avaient, à sa connaissance, jamais enlevé d'enfants humains.

– Je commence à comprendre, dit Ivor. Si nous allions trouver ces philosophes !

Ils sortaient de leur cachette quand quelqu'un éternua.

– Penny ! s'écria Vivia.

Une dizaine de gardiens surgirent des ténèbres. L'adolescente vit Chad dégainer son arme vibratoire. Une lame fut posée sur sa gorge. Le groupe fut aussitôt encerclé et désarmé.

On les mena dans une cellule où ils furent enfermés à double tour.

CHAPITRE 17

La transformation

Vivia ne pouvait contenir sa joie. Elle donna l'accolade à Penilène, serra la main de Paul et se pendit au cou de Chad.

– J'étais si inquiète !

Le jeune Asiatique paraissait mal à l'aise.

– Tu rougis ! plaisanta Paul.

Doucement, Chad repoussa Vivia. Penilène reniflait et se mouchait dans son écharpe. Le jeune Arizonien en profita pour la sermonner un peu :

– Tu parles d'un moment pour éternuer !

– Comme si je pouvais vraiment me retenir ! ronchonna Penilène.

Le temps des effusions passé, chacun se présenta.

– Voici le duc Ivor de Musqueroi et le capitaine Phébert, déclara Vivia.

Paul hocha la tête : ils connaissaient déjà l'officier.

– Vous vous êtes égaré pendant la traque ! le railla Penilène.

Monsieur Picwitt restait obstinément près de la porte. Vivia, qui éprouvait une sympathie particulière pour le nain, le désigna :

— Et voici…

— Rouk n'est pas avec nous, la coupa le domestique.

Paul se rappela que les soldats, en effet, les avaient séparés.

Le duc se fit rassurant. Il allait parler au chef des philosophes. Entre eux, les sujets de discorde ne reposaient que sur des malentendus. Il fallait dialoguer, s'expliquer.

— En tout cas, dit Paul, les indices fournis par l'élémentum nous ont bel et bien conduits jusqu'au deuxième cristal. Reste, maintenant, à le récupérer.

Penilène éternua de nouveau.

— Je commence à en avoir assez d'être enfermée !

Le duc haussa un sourcil. Seuls Paul, Vivia et Chad pouvaient comprendre ce qui devenait, entre eux, une blague familière.

— Mais, avoua-t-elle en souriant à demi, je suis heureuse qu'on soit de nouveau réunis.

— Au fait, où est passée Sheewa ? s'enquit Vivia.

La femelle singe-araignée avait échappé aux gardiens. Chad ne paraissait pas trop s'inquiéter à son sujet. Elle devait être en quête de glands ou bien de racines.

Paul déclara fort à propos qu'il avait faim.

— Avec tout ce que tu as mangé hier durant la fête ! le réprimanda Penilène.

Le jeune blond croisa les bras sur sa poitrine.

— Et alors ?

Ils restèrent enfermés toute la journée. À deux occasions, on leur apporta de l'eau et un peu de nourriture. Chaque fois, des gardes les tenaient à distance au bout de leurs piques. Ces hommes portaient des tuniques noires sur lesquelles venait s'ajuster un surcot en fines mailles de métal. Arborant casques et gantelets, ils constituaient une véritable garde privée au service des philosophes.

L'arme vibratoire, les fléchettes et le sabre de Chad avaient été confisqués. Et quoi que pût exiger le duc, personne ne prêta attention à ses revendications.

Enfin, la porte s'ouvrit en grinçant.

*

Dix gardiens les escortèrent dans la base secrète. De temps en temps, ils passaient devant une porte entrebâillée derrière laquelle s'échappaient des rires d'enfants. Vivia repensait à la jeune fille qu'ils avaient suivie et à la fillette miraculée.

Ils atteignirent une salle basse éclairée par d'impressionnants chandeliers. Comme dans la tanière des lycans, la lumière était captée de l'extérieur, entreposée, puis redistribuée.

Paul songeait que les lycans et ces mystérieux guérisseurs étaient presque logés à la même enseigne : enterrés vivants et en froid ou en guerre les uns contre les autres.

– Attendez ici ! leur ordonna un gardien.

Vivia avait expliqué à ses amis qu'Ivor était menacé de mort. Que le duché de Musqueroi vivait non seulement dans la peur d'une prochaine invasion des Sargasses, mais également dans un climat proche de l'insurrection populaire. Monsieur Picwitt songeait, lui, à la lune. Par une meurtrière, il l'avait entraperçue. Il échangea avec son maître un regard chargé d'angoisse.

Soudain, un rayon de lumière tomba sur trois silhouettes assises en tailleur.

Le duc se présenta.

— Nous savons qui vous êtes, l'interrompit le chef des philosophes.

La voix du porteur du cristal, cette fois, sonna familière à l'oreille de Paul.

Penilène toussait. Sur un geste de l'un de ces philosophes guérisseurs, une jeune fille lui donna à boire une substance chaude et épicée. Vivia reconnut l'adolescente qui avait cueilli les champignons.

— C'est une tisane à base de nonfluss, précisa-t-elle.

Penilène avait déjà entendu ce mot dans l'abbaye de mère Moïrelle.

— Les fameux champignons de glace ?

— Contrairement à d'autres espèces de champignons, ceux-là sont excellents pour soigner les infections, approuva la fille.

— Qu'avez-vous fait de notre compagnon lycan ? demanda Ivor.

Le chef des guérisseurs caressait le cristal qui pendait à son cou. Il se leva et s'approcha du souverain.

— Que le sort de cette créature vous préoccupe ne me surprend pas, duc !

Phébert avait les yeux fixés sur le cristal. Le guérisseur le dévisagea. À cause de sa cagoule, il était impossible de connaître la nature de ses sentiments. Lorsqu'il ordonna que les poignets du capitaine soient ligotés, les autres reculèrent.

Chad se plaça devant ses trois amis.

— Courageux et téméraire, commenta le chef.

Il vint se tenir devant Paul et Penilène, et les accusa d'avoir menti aux villageois de Pons.

— Vous n'êtes pas plus étudiants que moi le roi du pays d'Alégoies.

Paul voulut protester. Après tout, avant d'être enlevé par Vikram Estrayan, il allait encore au collège! Le porteur du cristal s'arrêta devant Vivia et déclara, en posant sa grande main sur son front, que cette adolescente seule était digne de vivre dans leur communauté.

Il toisa de nouveau Chad.

— Autant se l'avouer tout de suite, vous êtes venus dans ce pays avec un but précis.

Le duc attendait cette confrontation depuis trop longtemps pour demeurer à l'écart.

— Est-ce vous qui m'avez envoyé les messages de menace?

Le guérisseur le dévisagea. Sous l'éclairage diaphane, les zones d'ombres gommaient les contours de sa large robe de cérémonie.

— Vous êtes devenus un danger pour ce pays et pour ses habitants, duc, répondit posément le porteur du cristal.

» Trop d'incertitudes, ajouta-t-il, pèsent sur les épaules du peuple de Musqueroi. Un clergé stupide accroché à ses dogmes et à ses privilèges surannés. L'absence de volonté de la part du roi voisin qui par traité, pourtant, s'est engagé à les protéger contre les Sargasses. Et les lycans...

» Ces lycans que, étrangement, vous protégez, duc!

Paul se rappela les propos de Lycaros. Ses ancêtres figuraient au nombre des compagnons du prophète Khephré. Encore une fois, lui semblait-il – comme d'ailleurs dans son propre monde du Soleil doré –, les problèmes venaient du fait que les hommes n'acceptaient pas leurs différences et se jalousaient les uns les autres. Il aurait voulu le dire, mais le porteur du cristal s'adressait au souverain.

– Vous devez mourir, duc, pour qu'un enfant pur monte sur le trône de Musqueroi et incarne de nouveau les valeurs et les enseignements d'origines. Pour que, soutenu par nous, il puisse véritablement apporter au peuple un sentiment de paix et de sécurité.

Ivor sourit, car « un sentiment de paix » était loin d'équivaloir à la paix véritable.

– Et cet enfant pur se trouve sans doute parmi vos protégés !

Le guérisseur exhiba son cristal.

– Cette pierre saura choisir un couple de jeunes.

– Les futurs souverains de Musqueroi ?

L'homme en cagoule s'inclina.

– Votre temps et celui de votre lignée s'achèvent.

– Deux enfants que vous avez enlevés à leur famille ! reprit Ivor, cinglant.

– Des enfants malades ou estropiés jugés inutiles par votre société, corrigea le porteur du cristal. Des enfants que nous avons recueillis et éduqués dans l'art de guérir les corps et les âmes.

Penilène attendait depuis quelques minutes l'occasion d'intervenir.

– Et Libeï ?

Un guérisseur frappa dans ses mains. Aussitôt, une porte s'ouvrit et une enfant entra.

– Comme vous le voyez, jeune fille, dit le personnage en cagoule, l'enfant va bien. De plus, elle est guérie de son infirmité.

– Pourquoi, alors, ne pas avoir prévenu ses parents ?

Un silence s'installa, brisé par le duc qui hochait la tête

– En laissant les soupçons peser sur les lycans, vous espériez sans doute que les paysans se révoltent et vous débarrassent d'eux.

Vivia avait du mal à croire que des gens capables de soigner au moyen de sons et de lumières magnifiques puissent en même temps nourrir d'aussi sombres projets.

Le chef des guérisseurs pointa un doigt. Sa voix tremblait de colère.

– Les lycans ont enlevé quatre enfants du village de Pons. Je veux savoir où ils sont !

Penilène répondit que ces enfants allaient bien. Elle les avaient vus, dans la tanière du clan de Lycaros. Le chef lui-même avait promis de les ramener sains et sauf dans leurs familles.

Décontenancé, le philosophe serra la pierre dans son poing. Un de ses condisciples en cagoule lui toucha le bras.

– Cela suffit ! trancha le porteur du cristal vert. Il est temps.

Les gardes conduisirent Penilène et les autres jusqu'à l'entrée d'une arène souterraine vivement éclairée. Un nouveau malaise donna à Vivia envie de vomir. Penilène la soutint.

– Ça va ?

L'adolescente avait pâli. Monsieur Picwitt redemanda des nouvelles de Rouk. Le philosophe lui assura qu'ils allaient bientôt revoir leur ami lycan.

Il s'approcha ensuite du duc, maintenu bras et jambes écartées par quatre gardiens. Chad et le capitaine Phébert furent plaqués contre un mur.

L'homme en cagoule posa ses mains de chaque côté du visage du souverain.

– Que comptez-vous faire de nous ? s'enquit Ivor.

– Nous ne vous ferons aucun mal. Il est temps, simplement, de libérer la bête qui est en vous.

Il se concentra, appuya ses mains. Les images et les émotions intenses qu'il projeta dans l'esprit du duc le firent trembler et grimacer de douleur.

Dans les gradins s'installaient des hommes, des femmes et des jeunes gens.

Sans doute, se dit Vivia, les purs dont parlait tout à l'heure le guérisseur.

Entre-temps, le souhait du porteur du cristal fut exaucé. Amené par télépathie dans ses plus ténébreux retranchements, le duc se transformait de nouveau en lycan. Des gardiens le menèrent dans l'arène et refermèrent les lourdes portes.

Le chef des guérisseurs s'installa dans une loge au milieu de ses acolytes. Puis il tendit les mains pour réclamer le silence, et s'adressa au duc dont les vêtements s'étaient déchirés sous l'effet de sa transformation.

– J'ai lu dans votre esprit que vous avez été mordu par un lycan au cours d'une chasse que vous aviez donnée à la tête de vos soldats. Vous avez été laissé pour mort par cette créature. Mais son but n'était pas réellement de vous tuer. Vous avez cru que ce lycan rebelle avait fui la région après son méfait. Détrompez-vous…

Une porte cloutée s'ouvrit de l'autre côté de l'arène. Rouk fut poussé par des gardiens.

Les deux créatures, maintenant, étaient face à face.

– Par Khephré, s'étrangla à moitié monsieur Picwitt, mon maître n'a aucune chance ! Rouk n'a pas l'air dans son état normal.

Penilène songea aux pouvoirs de ces guérisseurs – sa toux ne s'était-elle pas calmée comme par magie ?

– Il a sans doute été drogué, lâcha-t-elle.

Piqués, harcelés, les lycans se sautèrent à la gorge.

CHAPITRE 18

Deux capitaines

Si les philosophes avaient espéré distraire leurs élèves en organisant ce duel, ils se rendirent vite compte de leur erreur. Atterrés, silencieux, les spectateurs ne pipaient mot. Certains fermaient les yeux. D'autres se détournaient.

Les maîtres se consultèrent à mi-voix.

– Nous n'avons pas le choix, se défendit le porteur du cristal. Le duc ne peut vivre !

– Nous avons toujours enseigné à nos élèves à voir la bonté et la lumière chez l'humain, annonça un autre maître.

Le chef se retint d'affirmer que ces créatures n'étaient pas humaines, car les écrits de Khephré étaient très clairs : tout être doué d'intelligence, affirmait-il, jouissait de droits inaliénables.

Ses collègues attendaient qu'il prenne une décision. Mais le guérisseur se contenta de baisser la tête. Au même moment, monsieur Picwitt, Montrose, Chad, Vivia, Paul et Penilène assistaient, impuissants, à l'implacable duel.

— Ils semblent déchaînés, se lamenta Vivia.

— Ils ont été montés l'un contre l'autre, assura Paul.

Soudain, deux gardiens supplémentaires arrivèrent en tirant derrière eux... un second capitaine Montrose ! Ficelé et menotté, l'officier se débattait comme un diable

— Par Khephré ! s'exclama le nain.

Un des philosophes accompagnait les nouveaux venus. Placés l'un à côté de l'autre, les deux Phébert paraissaient identiques. Même chevelure souple et brune, même barbe finement taillée, même regard enragé : tout aussi arrogants et supérieurs ! Cependant, ils n'étaient pas habillés tout à fait de la même manière. Le premier — celui qui avait pénétré dans Urantiane avec le duc — portait un surcot de velours couleur bourgogne. Le second, un pourpoint en drap bleu taché de sang. Ils arboraient par contre des jambières et des casques de facture musqueroise, ainsi que l'écusson de leur régiment.

Dans l'arène, Rouk et le duc reprenaient leur souffle. Des trainées de sang teintaient le sable.

Après quelques secondes de silence, le philosophe déclara que, visiblement, un des deux Phébert était un imposteur.

Vivia sentait lui revenir ce malaise caractéristique qu'elle détestait. Le guérisseur tira alors un chat de la manche de son ample tunique.

— Heureusement, dit-il, je connais un moyen efficace de les départager.

Il approcha l'animal du premier Montrose. Après une brève hésitation, celui-ci présenta sa joue au félin qui la lécha en ronronnant. Le maître recommença son manège auprès du second.

– De grâce, éloignez cette bête ! s'écria-t-il en éternuant.

Dans l'arène, les lycans avaient repris le combat. Un bras en écharpe, le duc semblait en difficulté. Rouk bondit et le renversa. Puis il planta ses crocs dans le pourpoint déchiré de son adversaire.

Les prisonniers attendaient, angoissés, le verdict du philosophe.

Prise d'un doute, Vivia s'approcha du premier Montrose, se hissa sur la pointe des pieds et plaça ses mains de chaque côté de son visage. Deux secondes plus tard, l'adolescente tenait dans ses doigts un masque tribal en bois à l'aspect effrayant. Les traits du capitaine se brouillèrent. Apparut alors un homme complètement différent.

– Lord Estrayan ! s'exclamèrent, effarés, Paul et Penilène.

Le magicien était une vieille connaissance. Depuis leur première mission, il leur menait la vie dure*. Comment s'y était-il pris pour les suivre dans cette époque moyenâgeuse ?

Des traits de guépard à l'affût, un front haut et superbe, une fine barbiche taillée sur le menton, il avait également des yeux sombres hypnotiques et d'épais cheveux noirs huilés plaqués sur la nuque qui se terminaient en une longue queue de cheval : tel était le seigneur des minéraux.

L'attitude belliqueuse de l'inconnu força les gardiens à se ressaisir. Plusieurs lames pesèrent sur la

* Voir les tomes 1 et 2 : *Les porteurs de lumière* et *Le cristal de Nebalom.*

gorge du magicien. Le philosophe félicita Vivia pour son initiative.

— Le masque de Tzardès, se rappela Penilène.

Elle expliquait que ce masque permettait à Lord Vikram de prendre l'apparence de qui il voulait, quand un cri plus rauque que les autres retentit.

Monsieur Picwitt voulut s'élancer vers le duc, mais il fut stoppé net par les gardes. Vivia laissa tomber le masque et vint le soutenir.

— Mon pauvre, pauvre Seigneur ! se lamenta le nain.

Vivia était rouge d'indignation. Elle se tourna vers le maître :

— Vous êtes cruel ! Ce combat est inutile !

Un second cri tomba des voûtes. Sheewa se jucha sur l'épaule de Chad. Le moment était mal choisi pour demander des comptes au singe-araignée.

Penilène montra Vikram du doigt :

— Surtout, recommanda-t-elle, ne laissez pas cet homme vous échapper.

Chad et Vikram se dévisageaient. L'homme de main du roi Yegor avait sur le visage ce rictus supérieur et méprisant qui donnait la chair de poule.

Vivia insista auprès du maître en cagoule :

— Je vous en prie, faites cesser ce duel !

De sa loge, le porteur du cristal avait assisté à toute la scène. Par ailleurs, les élèves n'avaient toujours pas l'air d'apprécier le spectacle.

Des larmes coulaient sur les joues de Vivia.

Chad donna alors un violent coup d'épaule au gardien le plus proche. Un autre réagit, mais avec maladresse. Utilisant le bout de sa lance, l'adolescent réussit à coincer la lame entre ses liens. Il tournoya ensuite sur lui-même et libéra ses poignets. En deux techniques de bras, il mit K.O. un troisième gardien et en repoussa deux avec les pieds. Enfin, il courut dans les rangées, parvint au premier rang et sauta dans l'arène…

*

Vikram profita de cette diversion pour libérer ses poignets et s'emparer de la lance d'un gardien. Au moyen de quelques moulinets, il se débarrassa des autres.

Il adressa un sourire carnassier à Vivia.

– Toi, dit-il, tu ne perds rien pour attendre !

Il ramassa le masque, tendit sa main, doigts écartés. Violemment arraché d'une paroi, un fragment de roche flotta jusqu'à lui. Vikram se jucha dessus et vola en direction de la loge centrale.

– Le cristal ! s'égosilla Penilène.

Vivia courut vers les estrades. Le jeune Asiatique avait quant à lui rejoint les lycans.

– Il est fou ! se désola Paul en atteignant lui aussi le bord de l'arène. Espère-t-il vraiment les séparer ?

– Lord Vikram ! répéta Penilène, hors d'haleine.

Impuissante, la foule le vit bousculer les philosophes.

Vivia n'était qu'à 10 pas de la loge. Sheewa rebondit près d'elle. L'adolescente et le singe-araignée se dévisagèrent…

Vikram tira sur la chainette en argent du cristal.

– Cette pierre ne t'appartient pas, vieillard ! siffla-t-il.

Il allait saisir la pierre quand, lancée par Vivia, Sheewa lui griffa le visage. Les gardiens tendirent leurs arcs. Plusieurs flèches se figèrent près du magicien.

Vikram prit Sheewa dans ses mains et serra. Puis, évitant d'autres projectiles, il battit en retraite.

Chad se trouvait quant à lui près des deux lycans. Stoppant en plein élan un gardien qui tentait de l'arrêter, il lui arracha sa lance des mains et visa Lord Vikram qui s'enfuyait sur son rocher.

Sa lame ne fit qu'effleurer la gorge du magicien. Vikram se faufila par un interstice et sortit de la caverne.

Maîtres et élèves étaient encore sous le coup de l'indignation. Le chef des guérisseurs leva les bras et tenta de ramener le calme. Il allait bien. Le cristal demeurait autour de son cou.

Le maître qui avait amené le véritable capitaine Phébert se présenta devant Paul et Penilène, et ôta sa cagoule.

– Vous ! s'exclama l'Arizonien en reconnaissant Ballard, le boulanger.

Mère Moïrelle apparut aux côtés du porteur du cristal, sa cagoule entre les mains.

À son tour, le chef se démasqua.

– Ferrez ! laissa tomber Paul, estomaqué.

Vivia rejoignit Chad. Elle pleurait à chaudes larmes.

– Les deux lycans vivent encore, lui dit l'adolescent pour la rassurer.

La jeune fille secoua tristement la tête.

– Sheewa, bredouilla-t-elle en exhibant une petite masse de poils gris.

Penilène prit le pouls de la femelle singe-araignée et annonça d'une voix rauque :

– Elle est morte.

CHAPITRE 19

La triple cérémonie

Vivia éclata en sanglots.

— Lord Vikram allait voler le cristal. Sheewa m'a regardé. J'ai cru que... Alors, je l'ai lancée. Je suis si désolée!

Tous les regards étaient fixés sur Chad. Le garçon caressait doucement la petite tête du singe. Le jeune Asiatique était si mesuré dans ses gestes et ses paroles qu'il était toujours difficile de savoir ce qu'il pensait vraiment.

— Maudit Estrayan! lâcha Paul entre ses dents.

Chad tenait Sheewa serrée contre lui. Il posa une main sur l'épaule de Vivia qui reniflait sans pouvoir s'arrêter.

— Elle vit encore, chuchota-t-il.

Il tendit ses mains. Des larmes de douleur coulaient des yeux ronds de Sheewa, mais elle respirait!

Paul adressa une moue à Penilène.

— Ben quoi? se défendit la New-Yorkaise, tout le monde peut se tromper.

– Tout de même ! C'est pas toi qui voulais devenir médecin ?

Ferrez arriva. La jeune Noire vit étinceler l'éclat du petit cristal que Sheewa portait autour du cou. Une idée lui vint.

– Dites ! s'exclama-t-elle en s'adressant au ferronnier-guérisseur, vous ne pourriez pas nous aider ?

Vivia saisit la balle au bond.

– Mais oui ! L'arche ! Le cristal de guérison !

Des élèves descendaient des gradins.

– Un singe, s'indigna Ferrez. Vous n'y pensez pas !

Penilène fouilla dans sa poche, en sortit ses deux plaquettes d'or. Paul, puis Vivia agirent de même.

– Nous avons de quoi payer ! insista la jeune Noire.

– Un singe, répéta le ferronnier, éberlué.

– Toute vie est un cadeau et mérite d'être préservée, déclara Chad d'un seul souffle.

Mère Moïrelle fit remarquer que ces paroles étaient, à peu de choses près, identiques à celles prononcées jadis par le prophète Khephré en personne.

La religieuse tapota le bras de Vivia.

– Les Écritures de tous les peuples justes se ressemblent, dit-elle. Gardez votre or et venez.

Dépassé par les événements, Ferrez gardait la main sur son cristal.

Paul tardait à les suivre.

– Tu prends racines ou quoi ? se moqua Penilène.

– Non, regarde…

Au centre de l'arène, monsieur Picwitt et Rouk étaient penchés sur le corps du duc.

– Tu crois qu'il est mort ?

– Rejoignons les autres, décida Paul sans faire de commentaires.

*

Chad se plaça sous l'arche et le rayon de lumière verte, Sheewa serrée dans ses bras. Au-dessus du monolithe se dressait la statue de Khephré. Une étoile de jour tombait toujours des voûtes, baignant la vaste salle d'une douceur de chapelle.

D'un commun accord, les élèves entonnèrent leur chant. Vivia sentait que la vibration accompagnerait le singe-araignée dans sa guérison. Émue, elle imaginait que ses os brisés par la poigne du magicien se recalcifiaient. Que ses nerfs, ses muscles et ses organes endommagés se reconstituaient. Elle construisait cette image avec tant d'amour dans son cœur qu'elle en avait mal dans tout son corps !

Mentalement, elle répétait : « Désolée ! Désolée ! » autant pour Sheewa que pour Chad.

Une vive rougeur sur ses joues lui fit comprendre qu'elle songeait surtout au garçon…

– Elle a bougé ! s'écria Paul.

Ferrez, mère Moïrelle et Ballard joignirent le chœur. Le chant enfla, gagna dans les notes graves. La lumière s'intensifia, culmina pendant quelques secondes, puis se mit à décliner.

– Le cristal, expliqua Ferrez, sait quand le patient est prêt pour accueillir la guérison. Votre petite Sheewa ne connait pas la peur. Cela aussi a été capté par la pierre.

Le singe femelle battit des paupières. Chad posa ses lèvres sur sa tête pelucheuse. Lui-même se sentait plus fort, plus « centré » et plus éveillé après ce bain de lumière.

L'exclamation d'un élève jeta un froid au milieu des vivats.

Rouk et le nain les rejoignirent. Ils soutenaient le duc qui boitait. Les vêtements du souverain étaient en lambeaux. Le visage hagard, les bras en sang, le duc de Musqueroi avait repris forme humaine. Cependant, il conservait des touffes de poils sur les joues, et dans ses cheveux se mélangeaient de larges pans de fourrure grise.

— Monsieur Picwitt ! s'exclama Vivia.

— Il est faible et a perdu beaucoup de sang, mademoiselle, expliqua le nain. Il semble pourtant que ses blessures se cicatrisent déjà.

L'adolescente adressa un regard suppliant au ferronnier.

— Le duc est un homme bon !

Cette fois, Ferrez se cabra.

— Balivernes !

Les yeux de cette jeune fille qui semblait être l'incarnation vivante de la compassion avaient beau briller de larmes, elle dépassait cette fois les bornes.

Les élèves observaient la scène en silence.

Ballard se tenait sur l'arche, proche de la statue, le bras tendu pour récupérer le cristal sacré.

— La pierre est toujours dans les mains de votre prophète, bredouilla Paul.

— Toute vie est un cadeau et mérite de..., récita Penilène de mémoire.

Dans un élan d'amitié sincère, elle saisit le poignet de Vivia.

Ferrez hésitait. Alors, mère Moïrelle conduisit elle-même le duc sous l'arche.

Le cercle d'élèves se déplaça. Le souverain fut étendu à l'endroit exact où la fillette handicapée s'était traînée la veille.

— Khephré n'aurait pas agi autrement, assura la religieuse en adressant un regard de reproche à Ferrez.

Le ferronnier ne semblait pas encore convaincu.

— Pour guérir, clama-t-il tandis que les élèves entonnaient un nouveau chant, il faut d'abord avoir cheminé. Il faut être prêt. Je doute que cet homme…

Le chœur couvrit sa voix. Vivia aussi se mit de la partie. Une note unique — un ééé à la fois doux et profond s'éleva.

Paul observait le chef des guérisseurs. Sa capuche entre les mains, les épaules voûtées, Ferrez semblait avoir perdu de sa superbe.

— S'il tient tant à son plan de remplacer le duc par deux de ses élèves, dit Penilène, je comprends qu'il ne veuille pas trop que le duc guérisse.

Paul ne répondit rien. Il cherchait à imaginer comment un homme mordu par un lycan, un homme dont le sang était à présent contaminé, pouvait bien guérir ou se régénérer.

La cloche de lumière verte recouvrait le souverain. Au bout d'un moment, les chants s'éternisant, le jeune blond comprit que quelque chose clochait.

Chad admit que le ferronnier avait raison.

— À quel sujet ?

— Dans le temple où j'ai été élevé, mon maître-abbé aussi disait que guérir, c'était comme se libérer.

Et se libérer demande un travail de la part de celui qui veut guérir.

Dame Moïrelle conduisait la cérémonie. Elle leva un bras. Un à un, les élèves se turent. La force du cristal déclina.

— La pierre a parlé! clama Ferrez tandis que Rouk et monsieur Picwitt aidaient le duc à se relever.

— Je vais bien, je vais bien, balbutiait le souverain en luttant contre des étourdissements.

Il avait senti la lumière pénétrer son corps et son âme, le son s'insinuer dans chacune de ses cellules. Un souffle vivifiant l'avait un moment fait tressaillir. Une vague d'énergie l'avait soulevé. Puis tout s'était arrêté, le laissant plus épuisé que jamais.

Ses yeux croisèrent ceux du lycan. Le cœur du nain se serra. Ivor repensait à ses longs mois de souffrances, à sa famille dont il avait dû se séparer.

Au bout de quelques secondes, cependant, il donna l'accolade à cette créature qui, après l'avoir mordu, était demeurée à ses côtés pour lui servir de gardien.

— Je te pardonne, dit-il.

Sous les voûtes, un élève applaudit. Vivia souriait. Chad, puis Paul et Penilène applaudirent également. Bientôt, tous suivirent le mouvement.

Dame Moïrelle s'approcha du duc et parla au nom des deux autres philosophes :

— J'ignore si le cristal vous a aidé à guérir, Monseigneur. J'ignore où vous en êtes dans vos peurs et dans vos blessures secrètes. Mais ce que je viens de voir force le respect.

Ferrez demeurait silencieux. Ses plans s'écroulaient. Il avait, certes, encore du mal à sourire. Mais son attitude ne reflétait plus aucun ressentiment. Ballard s'en aperçut. Paraphrasant le prophète Khephré, il rassura le duc :

— Tout homme de bon sens doit accepter de s'ouvrir les yeux et de regarder la réalité en face. Comme le dirait mon ami Ferrez, la pierre a parlé !

Sheewa tendit une patte vers Vivia.

— Et toi, tu me pardonnes ? murmura doucement l'adolescente.

La femelle singe-araignée émit un cri faible, mais net.

Chad poussa Vivia vers le ferronnier.

— À ton tour, maintenant !

— Il a raison, fit Paul.

Penilène approuva :

— Tu ne vas pas bien et tu le sais.

— Vous êtes malade, mademoiselle, renchérit le nain.

Même le duc se joignit à eux. Il connaissait bien les femmes. Et un teint aussi pâle où transparaissaient les veines n'était pas un signe de bonne santé.

Vivia se rappelait la séance de voyance et les prédictions de Possina, la prêtresse atlante*. Cette femme n'avait-elle pas vu une sorte de crabe géant dans son corps ? Ne lui avait-elle pas parlé d'un poison présent dans son sang ?

Dame Moïrelle la prit dans ses bras et déclara à voix haute que cette jeune fille avait le cœur pur. Que le cristal devait encore parler.

Ferrez argua qu'ils n'avaient jamais autant utilisé la pierre et que… Mais la religieuse balaya son argument d'un geste flou de la main. Khephré ne

---

* Voir le tome 2 : *Le cristal de Nebalom.*

disait-il pas que la vie guidait les hommes et que la sagesse ultime était de se laisser porter par elle !

— Accepter de guérir parce que l'on se sent prêt à se pardonner nos fautes ou bien à abandonner nos souffrances est aussi une preuve de sagesse qui doit être respectée, martela-t-elle.

— La pierre ne va tout de même pas exploser ! plaisanta Paul.

Ferrez leva les yeux au ciel. Combien de fois son cristal serait-il mis à l'épreuve, aujourd'hui ?

Moïrelle l'encouragea :

— Ce que l'on veut et ce que la vie veut pour nous sont souvent deux choses différentes. Accepte, Igard. Accepte avec ton cœur. En nous amenant le duc, cette jeune fille nous offre un cadeau dont nous ne mesurons pas encore toute l'importance.

Ferrez n'aimait pas qu'on le sermonne. Mais ne parlait-il pas lui-même souvent d'acceptation ? Faisant contre mauvaise fortune bon cœur, il installa lui-même Vivia sous l'arche. Sur leur passage, les élèves s'écartaient et applaudissaient encore.

L'adolescente s'assit sur la dalle. Paul et Penilène lui adressèrent des signes d'encouragement.

— Tu sembles tout excité, fit la jeune Noire en souriant à son compagnon.

— Bien sûr ! Imagine qu'un tel cristal soit utilisé un jour dans nos hôpitaux ! Les médecins pourraient dirent à leurs patients : « Pour guérir, il faut que vous soyez prêts. Les médicaments ne servent qu'à vous maintenir en vie en attendant que vous ayez vraiment décidé de guérir. » On pourrait appeler ça la médecine ondulatoire !

Penilène fit une moue.

— Tu trouves ça stupide ?

— Pas stupide, invraisemblable. Je ne crois pas que les hommes de notre monde et de notre époque soient encore prêts pour ce genre de traitements.

La lumière du jour effleura le cristal. Le faisceau vert émeraude jaillit et coula sur les épaules de Vivia.

— Comme j'ai pu me tromper ! se reprocha le duc. Croire que cette jeune fille avait été envoyée pour m'assassiner !

Monsieur Picwitt approuva.

— Je le savais.

Il donna un coup de coude à Rouk.

— Et toi ?

Le lycan était tendu.

— Ça ne va pas ?

Quelques secondes plus tard, la caverne, l'arène et les gradins résonnèrent de cris de guerre.

Rouk saisit le duc par le bras et lança d'un ton bref :

— Monseigneur, vous devez fuir.

CHAPITRE 20

Les frères ennemis

– Pars si tu veux, rétorqua Ivor. Moi, je reste.

Monsieur Picwitt étouffa un cri d'horreur. Revêtu d'une armure argentée, un guerrier lycan s'apprêtait à lui fendre le crâne.

Rouk renversa l'agresseur.

Dans la caverne, la panique était à son comble. Élèves et philosophes furent rapidement maîtrisés. Seuls Chad, le capitaine Phébert et quelques gardiens se battaient. Mais à un contre cinq, acculés dos à dos, ils faisaient plus rire que peur.

En trois bonds, Rouk gagna le centre de l'arène où les membres de sa race rassemblaient les prisonniers, et poussa un terrible grognement.

Un lycan revêtu d'une armure tirant sur le bronze glissa des voûtes le long d'une liane. Les hommes-loups cognèrent leurs casse-têtes contre leurs boucliers et scandèrent son nom.

– Lycaros ! Lycaros !

Mère Moïrelle, Ballard et Ferrez se dévisagèrent. Les deux premiers étaient immobilisés par la pointe d'un glaive. Le ferronnier se débattait au sol, à moitié étouffé sous un lycan qui voulait lui briser la tête avec sa masse.

Paul et Penilène tentaient de parlementer. Accroupie entre eux, Sheewa blottie contre son cou, Vivia était encore toute étourdie après son bref bain de lumière. Chad avait reconnu le chef des lycans. Il planta sa lance en terre. Lycaros atterrit près de Rouk. Aussitôt, les guerriers rompirent le combat et se turent.

Lycaros et Rouk se mesurèrent du regard. Leur pelage était d'un même roux tacheté de brun. Un œil exercé aurait pu déceler, dans leurs traits, une troublante similitude.

– Mon frère, dit finalement Lycaros en prenant Rouk par les épaules.

Un malaise s'ensuivit.

– J'ai toujours su que tu n'étais pas parti très loin, avoua Lycaros.

Considérant l'air grave de son cadet, il reprit :

– Tu avais enfreint nos lois. Je ne t'ai pas fait rechercher.

Il jeta un regard à monsieur Picwitt qui se cachait dans l'ombre de Rouk comme un enfant derrière son père.

– Quand j'ai su où tu étais…

Il baissa la tête et sourit :

– Maintenant, je t'ai retrouvé…

Paul vit briller des larmes dans les yeux de Penilène.

– Ça va ?

– Dire que je croyais ma famille compliquée, souffla-t-elle en reniflant.

Dans les rangs, certains lycans grognaient. Ces humains étaient leurs ennemis. Sans leur faire directement la guerre, ils avaient enlevé des enfants de la région et laissé croire aux parents qu'ils étaient les responsables.

Le lycan qui menaçait Ferrez releva sa masse.

– Non ! s'écria Rouk en s'interposant.

Perplexe, Lycaros vint trouver le duc.

– Ainsi, mon frère, voici l'homme que tu as changé en lycan.

– Je suis Ivor IV, se présenta le souverain.

Lycaros promena son regard sur le faciès mi-homme mi-lycan du duc, sur sa tenue déchirée, ses nombreuses blessures.

Il répéta, sans répondre directement au souverain et sans révéler toute la vérité :

– Je suis venu, mon frère, car j'ai appris que l'on te retenait prisonnier. Que cherches-tu auprès des hommes ?

Rouk serrait la mâchoire. Depuis son enfance, son aîné l'avait toujours impressionné.

Ferrez, mais aussi mère Moïrelle, Ballard, Phébert et les autres élèves n'entendaient que des grognements gutturaux. Si proche du trépas, le ferronnier songeait à sa famille, à son cristal, à son brillant plan de succession au trône de Musqueroi. Il considérait à présent que mourir n'était, somme toute, qu'un mauvais moment à passer.

La réponse de son frère tardant à venir, Lycaros leva de nouveau sa main.

– Non ! s'écria Rouk.

Il mit le duc et monsieur Picwitt en sécurité derrière lui.

— Si tu les tues, lâcha-t-il, tue-moi d'abord.

— Tu prends le parti de ces êtres sans loyauté qui nous ont accusés d'enlèvement ? s'offusqua Lycaros.

— Tu ne les connais pas comme moi.

Soucieux, le chef lycan fit venir devant lui les quatre jeunes étrangers.

— Chad !

Depuis que l'adolescent vivait parmi eux, Lycaros avait eu le temps de bien l'observer. Ce garçon venu de très loin avait beau être un humain, il appréciait sa bravoure, son sens de l'honneur et sa philosophie.

Le jeune Asiatique reçut Sheewa sur son épaule et hocha la tête.

— Nul être n'est totalement mauvais, dit-il en devinant la question que Lycaros voulait lui poser.

Sentant que ses guerriers guettaient toujours son signal, le chef des lycans lança un grognement bref.

— Je crois comprendre ce que tu as cherché à faire, mon frère.

Il avisa le duc et le nain, puis Ballard, mère Moïrelle et – surtout – Ferrez.

— Ces humains t'ont torturé et obligé à combattre. Pourtant, tu prends leur défense.

— Il y a l'espoir, assura Rouk. Notre isolement n'a que trop duré. Pour s'apprécier et vivre ensemble, il faut d'abord se connaître.

— Et c'est ce que tu as fait depuis ton départ ?

Rouk hocha la tête.

Lycaros ne manquait ni de finesse ni d'intelligence. Lentement, il leva sa massue. Puis il la laissa retomber sur le sol. Les guerriers lycans imitèrent leur chef.

Rouk donna l'accolade à son frère.

— Tu ne le regretteras pas.

Grâce à sa visite à bord d'Urantiane, le duc avait pu suivre toute la discussion. Il tendit sa main à Lycaros. Ferrez saisit la symbolique de ce geste puis s'approcha à son tour. Il s'excusa auprès du duc et de Rouk, et prit la patte griffue de Lycaros dans les siennes.

— Il y a l'espoir, répéta-t-il en citant Rouk tandis que Ballard et mère Moïrelle approuvaient d'un sourire.

Vivia soupira, suivie par les élèves et les gardiens à qui les lycans rendaient leurs lances.

Lycaros entama un discours sur la nécessité d'établir un dialogue et une paix durable entre les hommes et les lycans, car ils partageaient une même terre depuis trop longtemps pour se craindre et se haïr. Rouk traduisait au fur et à mesure, quand un soldat lycan se présenta devant son chef. Lycaros écouta avec attention.

Ferrez et le duc échangèrent un regard inquiet.

— Humains, dit alors Lycaros, mon indicateur vient de m'annoncer que les Sargasses attaquent le duché.

*

Ils se réunirent dans la salle de conférence des philosophes. À la demande du duc, Ferrez déplia ses cartes. L'éclaireur lycan les étudia et indiqua, d'une griffe pointue et noirâtre, la position des forces ennemies.

— Ils arrivent par les montagnes, siffla le duc entre ses dents. Dire que d'après nos propres renseignements, Cirgman Somark, l'empereur sargasse, n'entendait attaquer qu'au printemps !

— Mais les cols sont encore gelés ! objecta le ferronnier. Comment entendent-ils faire passer leurs troupes ?

Lycaros écouta son indicateur, puis fit traduire par Rouk.

— Ils arrivent par la voie des airs ! répéta Ferrez, incrédule.

— Notre armée n'est pas prête, se désola le duc. Même en la prévenant par pigeons voyageurs, je crains que nous ne puissions repousser une attaque d'envergure. Les cols, ajouta-t-il, ne sont qu'à une heure des premiers villages.

Lycaros répéta ce que son indicateur lui disait :

— À l'heure où l'on se parle, ces villages sont déjà la proie des flammes.

Le duc et Ferrez étaient consternés.

— Pons n'est qu'à trois heures de marche des cols, murmura le ferronnier.

Il songeait à ses compatriotes, mais aussi à sa famille.

— Ma fille et son ami ! s'exclama-t-il soudain en se rappelant les paroles de Penilène.

— Ils sont en sécurité au sein du clan, traduisit Rouk. Ils vous seront rendus sains et saufs.

Tenus à l'écart de cet étrange conciliabule, Chad, Paul, Vivia, Penilène ainsi que le capitaine Phébert demeuraient silencieux. La vue de ces énormes lycans harnachés et de ces hommes penchés autour d'une table avait de quoi frapper l'imagination. Des lampions suspendus au plafond projetaient de grandes ombres sur les murs. La forte odeur corporelle des lycans se mélangeait aux parfums à base de plantes portés par mère Moïrelle.

Soudain, Paul leur exposa son idée.

— Tu es dingue ! rétorqua Penilène.

Chad se tenait selon son habitude : adossé au mur, la tête baissée, les bras croisés sur sa poitrine.

— Moi, dit Vivia, je suis d'accord avec Paul. Et toi, Chad ?

Le jeune Asiatique sourit légèrement.

— Malade ! renchérit Penilène.

Vivia se faufila entre les énormes cuirasses et demanda la parole.

— La voie des airs, on connait ! annonça-t-elle. Nous pouvons vous aider.

Le duc, mais aussi monsieur Picwitt et Rouk approuvèrent. Ces jeunes avaient effectivement de grands pouvoirs. Paul et Penilène adressèrent à Vivia des regards inquisiteurs. L'adolescente détourna les yeux et reprit en s'adressant plus particulièrement à Ferrez.

— Nous sommes prêts à repousser l'invasion des Sargasses à vos côtés, mais à une condition.

— Condition ? se récria le ferronnier-philosophe.

Impressionnée, Vivia recula. Mais Penilène, qui avait réfléchi au plan de Paul, voulut poursuivre. Au dernier moment, paralysée par leur audace, elle se mordit les lèvres.

Alors, Chad s'avança :

— La chose est simple, dit-il. Vous voulez sauver vos familles et votre pays. Nous voulons le cristal qui guérit.

Ferrez écarquilla les yeux.

— Nous possédons une nef spatiotemporelle, insista Vivia.

— Elle dit vrai, déclara le duc. J'ai vu cette merveille.

Paul et Penilène se raidirent.

Lycaros aussi proposa son aide. Après tout, son propre territoire était enclavé dans le duché, et tout aussi menacé.

Mère Moïrelle supplia Ferrez du regard.

— Tout a changé, allégua Ballard en posant sa main sur l'épaule du ferronnier.

— Ce cristal nous vient du prophète Khephré ! se défendit celui-ci. C'est notre seul héritage.

— Si nous ne réagissons pas très vite et ensemble, s'impatienta mère Moïrelle, nous n'aurons bientôt plus ni famille, ni ami, ni pays.

Et sans attendre la réponse du ferronnier, elle donna son accord :

— Vous aurez ce que vous demandez.

Le capitaine Phébert apporta une cage dans laquelle roucoulaient des colombes.

— Je vais rédiger un message, proposa le duc.

Il noircit à l'encre un petit carré de parchemin, qu'il roula et scella en utilisant sa chevalière ornée de son sceau personnel. Depuis le début de sa maladie, cette bague était faite d'un alliage extensible qui lui permettait de demeurer à son doigt, qu'il soit un homme ou bien un lycan.

Lycaros hocha la tête. Tous ensembles, ils avaient peut-être une chance.

Venu pour libérer son frère et pour punir des lâches, il s'apprêtait maintenant à s'allier aux hommes pour lutter… contre d'autres hommes !

Mais Khephré lui-même ne les avait-il pas mis en garde ? Toute créature douée d'intelligence était également affublée d'un égo souvent destructeur qui la portait parfois à commettre des erreurs.

Pour sceller cette alliance intervenue dans les circonstances les plus étranges qu'il ait jamais connue, Lycaros serra encore les mains du duc, de Ferrez et de Ballard.

Paul s'approcha de Penilène.

– Alors, pas si bête, mon plan ?

La New-Yorkaise déposa une bise rapide sur sa joue.

– On les aide, on récupère notre cristal, puis on repart, résuma joyeusement le jeune blond.

Chad et Vivia se sourirent. Avec Lord Vikram dans le portrait, les choses risquaient tout de même d'être un peu plus compliquées que ça…

CHAPITRE 21

La flotte

Debout sur le gaillard avant d'une galère volante, Lord Vikram Estrayan n'était guère impressionné par le mécanisme qui le propulsait au-dessus des montagnes. Un mélange à base de soufre et d'explosifs faisait fonctionner des turbines. Cela produisait l'énergie nécessaire pour que tournent les grandes hélices. Des ballons en forme de nageoires de requin remplis d'hélium stabilisaient l'appareil et le maintenaient sous le vent dominant.

Le maître des minéraux restait insensible devant ces navires faits de lames de bois peintes en rouge tirés par de splendides voiles déployées dans le ciel. Pourtant, ils constituaient, dans ce monde et à cette époque moyenâgeuse précise, une innovation technologique de taille.

Risquant le tout pour le tout, l'empereur du peuple sargasse avait décidé d'attaquer. Ses galères aux fantastiques figures de proue effrayaient autant les animaux que les paysans. Ces derniers apercevaient les coques étincelantes, entendaient le souffle rauque des forges, voyaient s'échapper les formidables panaches de fumées sombres et couraient dans tous les sens en invoquant les démons, et pour les protéger, leur prophète Khephré de Nomah.

La cape au vent, Vikram Estrayan faisait semblant de ne pas attendre l'empereur enfermé dans ses quartiers avec son état-major. Après s'être enfui de la caverne des philosophes, le magicien avait rapidement gagné sa cachette pour revêtir ce superbe costume de cuir rouge grenat qui faisait jadis trembler les officiers de la cour du roi Yegor.

Les cordages grinçaient autour de lui. Des messagers allaient et venaient, portant les missives reçues par le truchement des pigeons voyageurs. Les soldats se tenaient quant à eux assis sur leurs bancs, taciturnes et anxieux comme le sont tous les hommes avant la bataille.

Les bras croisés sur sa poitrine, l'air froid cinglant son visage aux reflets de bronze, Lord Estrayan s'arrêta quelques instants à songer au parcours qui l'avait mené jusque sur le pont de ce navire. Il se revoyait encore, dans le palais du roi Yegor, parlant de ces sept cristaux dont le monarque aurait besoin pour faire fonctionner sa grande tour. De fil en aiguille, les traits rudes même de Yegor s'estompaient. Alors, Vikram se revoyait les vêtements déchirés, presque nu, épuisé, rampant sur une plage marécageuse. Les hommes de Yegor l'avaient trouvé. Le roi lui avait offert une nouvelle vie.

Le magicien sourit, mais sans excès. Il avait toujours été un voyageur. Dernier d'une lignée de magiciens remontant jusqu'à la lointaine Atlantide, il n'avait cessé de parcourir les mondes.

Il se plut quelques instants à écouter geindre les cordages, siffler le vent. Enfant, il avait voyagé avec son père : visitant ensemble maintes contrées et époques, traversant plusieurs fois la barrière subtile des mondes, découvrant de nombreuses civilisations.

Très vite, cependant, Vikram refoula ces précieux souvenirs de jeunesse. Il fallait qu'il se concentre sur le présent. Et le présent, c'était cette offensive, ce peuple sargasse qui entendait prendre une revanche sur les Musquerois — ces « hommes du nord » comme les appelait l'empereur Cirgman.

Le présent, c'était aussi — et surtout pour Vikram, Chad, Vivia, Paul, Penilène — Urantiane et le deuxième cristal de Shamballa. S'il avait dû abandonner le premier cristal entre les mains des quatre jeunes, il entendait bien, avec l'aide des Sargasses, récupérer celui-ci*.

La cérémonie à laquelle il avait assisté dans la caverne lui prouvait que chacun des cristaux avait des pouvoirs bien particuliers. Si celui de Nebalom pouvait lire l'âme d'un homme, celui qui ressemblait à une émeraude avait la faculté de guérir les corps.

Vikram palpa sa sacoche de cuir qui contenait déjà le masque de Tzardès, sa boule de cristal ainsi que plusieurs œufs de foudre liquide, et il se dit que la place de ce second cristal était là, tout contre lui.

Enfin, la porte de la cabine de l'empereur s'ouvrit. Une flopée d'officiers, de nobles et de ministres sortirent. Ils saluèrent leur maître avec moult révérences : signes hypocrites de soumission qui amenèrent une moue de mépris sur le visage du magicien.

---

* Voir le tome 2 : *Le cristal de Nebalom.*

Cirgman avait été étonné qu'un voyageur tel que Vikram puisse aussi bien parler leur langue, réputée pourtant difficile. Là encore, le magicien tapota sa boule de cristal dont il se servait pour deviner dans quel monde et dans quelle époque réapparaîtrait Urantiane, mais aussi pour accroître les pouvoirs de son subconscient. Cette boule de cristal lui permettait ainsi d'entrer en contact avec les connaissances accumulées jadis par sa longue lignée d'ancêtres.

Tandis que l'empereur discourait avec ses officiers, ses ingénieurs et les grands prêtres de son pays, Vikram, penché sur le plat-bord, faisait mine de surveiller le sol. En vérité, il faisait le point sur sa propre mission…

Il était donc arrivé près du village de Pons en même temps que les quatre jeunes. Depuis, il les espionnait. Il avait vu Vivia sortir d'Urantiane. À cet instant précis, il s'était demandé s'il pouvait la forcer à lui remettre le premier cristal. Puis Rouk avait enlevé l'adolescente.

Vikram avait décidé d'attendre la suite. Chad et les autres n'avaient pas tardé et étaient tombés dans une embuscade. Vikram avait hésité entre suivre Chad dans les bois ou bien s'attacher aux pas de Paul et de Penilène. Son choix l'avait mené au village de Pons, puis à Musquerine où il avait œuvré en qualité d'espion.

Patiemment, il avait recueilli les informations dont il aurait besoin avant d'agir. Il avait bien songé à engager des mercenaires. Mais sa mésaventure en Atlantide l'avait finalement décidé à agir seul.

Ce qu'il avait fait, durant la fête de Kephris, en prenant l'apparence du capitaine Phébert. Il avait ensuite participé à la chasse aux lycans. C'est en se mesurant à ces créatures qu'il avait été assommé et laissé pour mort jusqu'à ce que Vivia le trouve et le... « sauve ». Ce mot le rebutait au plus haut point. Pourtant, il avait beau chercher, il n'y en avait pas d'autre.

Croyant porter secours à un homme de Pons, l'adolescente lui avait bel et bien sauvé la vie ! Perturbé par ce souvenir, Vikram passa à l'image suivante : lui, le duc, l'adolescente et le lycan à bord d'Urantiane.

Il avait eu l'intention de trouver le premier cristal, de tous les tuer et de voler la nef. Il avait donc cherché. Mais ensuite, Vivia avait actionné l'élémentum. Succombant à son insatiable curiosité, il s'était laissé entraîner par l'adolescente.

Allait-elle enfin le mettre sur la piste du deuxième cristal ? Malheureusement, il avait été démasqué. Ce qui l'avait mené jusqu'aux Sargasses avec lesquels il avait au préalable pris contact : leur promettant des informations sur le système défensif des murailles entourant la ville de Musquerine.

Comme essoufflé par sa longue introspection, Vikram lutta contre un étourdissement. L'altitude, les nombreuses secousses, l'air trop vif lui brouillaient sans doute les idées. Lorsqu'il recouvra ses esprits, l'empereur Cirgman était nonchalamment appuyé au bastingage.

– Lord Vikram, dit le monarque, vous paraissez perplexe.

Estrayan lui rendit son regard franc.

– Majesté ?

Cirgman Somark était petit pour un si grand empereur. Cependant, il aurait été ridicule et surtout dangereux de le juger uniquement sur sa taille. Tout dans sa personne, que ce soit le soin qu'il portait à son habillement, sa démarche, sa grâce naturelle et surtout son visage de marbre où scintillaient des yeux aussi froids que des billes de granite, révélait le fauve prêt à bondir.

Voici un homme, songea Vikram, qui, s'il avait vécu 1000 ans plus tard, aurait pu faire de l'ombre au roi Yegor lui-même... et mettre en péril l'équilibre des mondes.

– Vous êtes une énigme, seigneur magicien, ajouta Cirgman.

– Plait-il, Votre Majesté ?

– Vous débarquez dans mon royaume, vous suscitez ma curiosité, vous me proposez votre aide pour glaner des informations auprès du duc Ivor. Et qui plus est, vous revenez ensuite pour tenir vos engagements. Voilà plusieurs raisons de voir en vous un mystère.

Vikram avait l'habitude des tyrans. Dans chacun des mondes, à chaque époque, se dit-il, ils se ressemblent. Prudents jusqu'à l'extrême, plusieurs sont mêmes paranoïaques. Ils sont dotés d'une sorte d'intuition maligne qui leur permet de flairer les pièges et les traîtres.

Fort heureusement, Vikram avait pour lui une transparence impeccable et aussi des pouvoirs personnels qui le mettait d'emblée au-dessus de ces roitelets et monarques, fussent-ils des despotes craints par des millions de gens !

Aussi se permit-il de rire doucement – ce qu'aucun noble sargasse ne se serait permis en présence de l'empereur.

– Majesté, répondit-il, je suis un voyageur. Je ne poursuis qu'un seul but, celui dont je vous ai entretenu.

– Le fameux cristal que possèdent ces philosophes à moitié fous...

– Ce cristal n'a aucune valeur en soi à part un certain pouvoir de guérison des âmes.

– Notre accord tient toujours, Lord Vikram, le rassura Cirgman. Répétez l'exploit que je vous ai vu accomplir en mon palais, aidez-moi à conquérir le duché de Musqueroi et ce cristal sera votre butin de guerre. J'en fais le serment !

– Vous me comblez, Majesté.

Ils se turent un long moment.

Sur les ponts inférieurs, les marins échangeaient des railleries, les soldats rongeaient leur frein, les navigateurs hurlaient des ordres à leurs sous-fifres. Devant et derrière la galère amirale tanguaient trois autres nefs lourdement chargées. Les deux premières abritaient les chevaliers de l'empereur, leur harnachement et les chevaux. La dernière, une partie de l'infanterie ainsi qu'une cohorte de guerriers spécialement entraînés. Loin derrière venaient deux autres bâtiments chargés du ravitaillement et des services sanitaires.

– Je vais surprendre le monde, déclara fièrement l'empereur. Mon nom retentira dans l'histoire des hommes pour les siècles à venir.

Vikram opina du chef.

— Les livres d'histoire diront aussi peut-être que vous aviez un seigneur des minéraux à vos côtés, Majesté.

Cirgman approuva. Il devinait que cet homme venu d'ailleurs se moquait pas mal des motifs qui le poussaient à envahir Musqueroi. Il était inutile de lui parler des raisons économiques et stratégiques — les riches forêts de Musqueroi, par exemple, suscitaient l'envie des Sargasses depuis des siècles ! Inutile, aussi, de mentionner son alliance secrète avec le faible roi voisin d'Aledjia qui était pourtant le protecteur traditionnel du duc Ivor. L'empereur n'ignorait pas, non plus, que ce Vikram se fichait éperdument des querelles religieuses qui déchiraient les pays.

Lorsqu'apparurent les montagnes du duché de Musqueroi, Cirgman laissa quand même tomber que Khephré, le prophète vénéré par les gens du nord, était autrefois un renégat chassé des pays sargasses par les prêtres. Et donc, que ses motifs d'invasion étaient autant politiques, économiques que religieux.

Vikram eut l'intelligence de garder ses réflexions pour lui-même. Lorsque viendrait le moment, il tiendrait simplement sa parole.

Tout en remerciant l'empereur de l'honneur qu'il lui faisait de bavarder ainsi avec lui, Vikram espéra que ce tyran de quatre sous tiendrait son engagement. Sinon, foi de magicien, il lui en coûterait !

CHAPITRE 22

Sur les remparts

Les premiers villages essuyèrent des attaques foudroyantes. Les uns périrent sous un déluge de cendre lorsque des galères volantes crachèrent des tonnes de soufre. Les autres furent écrasés sous d'énormes rochers tombés du ciel. Durant ces assauts, Vikram eut la surprise de voir à l'œuvre une arme secrète mise au point par les Sargasses.

Propulsés par d'énormes tuyères, des flots d'air chauffé à haute température balayaient la route principale reliant le pays sargasse au duché. Ces jaillissements firent, en quelques minutes, fondre les glaces accumulées durant l'hiver. Ainsi dégagée, la piste put livrer le passage au gros de la cavalerie sargasse.

Tandis que les bâtiments filaient dans le ciel et que la cavalerie progressait par voie de terre, les villages se vidaient de leurs habitants. Sous le ventre des galères, on voyait fuir les paysans et leurs familles en direction de la capitale.

— Bien, bien, répétait Cirgman en se frottant les mains. L'armée du duc ne semble pas avoir eu le temps de se mettre en mouvement. Notre attaque est une réussite totale.

Sa longue tunique de lin doré resplendissait. La tiare ruisselante de joyaux le grandissait et le faisait ressembler à un ange — ce qu'il était loin d'être, pourtant, dans la réalité.

Vikram trainait, derrière la galère amirale, une dizaine de gros rochers. Marins, soldats, officiers et ingénieurs le contemplaient, à la fois fiers de le savoir dans leur camp et secrètement terrorisés. Assis en tailleur sur le pont, des artistes reproduisaient ses exploits sur des feuilles de lin séchées.

— Ce soir, pérora l'empereur, je siègerai à la place du duc. Lui, sa famille et son peuple seront mes esclaves. Ensuite, j'enverrai mes troupes anéantir ces créatures lycans qui sont une insulte à la face de Dieu.

Vikram ne fit aucun commentaire. Cette bravade de l'empereur ressemblait trop à ce qu'aurait pu dire Yegor dans les mêmes circonstances, et cela l'agaçait. Il songea plutôt aux quatre envoyés de Shamballa qu'il nommait maintenant sans plus de manière par leurs prénoms.

Une idée jaillit dans son esprit. Ces jeunes allaient réagir. Il ne savait pas comment, il ne savait pas où, mais ils se manifesteraient. Chad était trop «juste» et «honorable» pour laisser les Sargasses triompher aussi facilement. Vivia, trop compatissante. Quant aux deux autres, ils râleraient un peu, mais ils suivraient. La pensée d'un nouveau face à face entre eux et lui n'était pas, non plus, pour déplaire au magicien.

Pour l'heure, Musquerine était en vue.

⁂

La galère amirale s'immobilisa au-dessus des remparts. Des écoutilles s'ouvrirent dans ses flancs. Devant chacune d'elle se forma une file de soldats. Une longue corde rattachée au plat-bord dans une main, leur sabre à lame recourbée dans l'autre, ils attendaient le signal.

Près de la poupe, le premier fantassin qui se présenta était un géant. Sombre de peau comme l'étaient la plupart de ses congénères, il avait une barbe foisonnante, des yeux larges et noirs, une mâchoire protubérante. De son casque s'échappait un flot de mèches brunes frisotées. Vêtu de l'uniforme réglementaire de son unité – plastron, jambières, gants et bottes en cuir de taureau –, il arborait également à la ceinture cette hache en forme de cornes qui terrorisait les peuples ennemis.

L'officier aboya un ordre.

Aussitôt, le soldat s'éjecta de la galère. Retenu par la corde, il eut pendant quelques instants l'impression de voler. Ces nouveaux engins étaient un miracle et le signe, songeait-il, de la divinité de l'empereur. Ils étaient venus prendre Musquerine par la force. Les soldats entendaient se battre comme des lions. Leurs adversaires n'étaient que des pleutres. Leur sang n'était ni brûlant ni épais comme le leur, mais froid et clair comme de l'eau.

Tout en laissant filer sa corde, le guerrier voyait monter vers lui les créneaux et le sol gelé. Des défenseurs étaient-ils cachés dans ces galeries de bois accrochées aux remparts que l'on appelait des hourds ? Il éclata de rire. La blancheur de ses dents accrocha un rayon de soleil. Brandissant sa hache, il lâcha le fameux cri de guerre sargasse.

En prenant pied sur le chemin de ronde, il s'étonna : était-il possible que ces créneaux soient déserts ? Cela serait décevant, car il souhaitait faire sauter quelques têtes !

Soudain, un terrible coup de griffes lui emporta la moitié du visage.

Jaillissant des hourds, de gigantesques lycans refoulèrent les soldats qui tombaient du ciel. Couvrant les hurlements d'épouvante de leurs grognements, les créatures taillèrent en pièces les guerriers sargasses.

Les véritables défenseurs de la cité crurent alors que la victoire leur était acquise. Ils sortirent des galeries et achevèrent les blessés. La contre-attaque des lycans avait été si fulgurante qu'un silence tomba sur les murailles. Hommes et lycans s'entreregardèrent, un peu surpris de se retrouver dans le même camp.

Le capitaine Phébert rejoignit Lycaros et Rouk qui avaient mené l'offensive, et les félicita. La vue d'un officier de Musqueroi en train de serrer la « patte » des créatures fit un drôle d'effet aux soldats, et sur la population en générale.

Tout s'était passé si vite !

Tendant leurs poings vers les galères sargasses, les habitants poussèrent des vivats. Déjà, les hommes du génie s'affairaient autour des catapultes. Maintenant que l'assaut ennemi était brisé, il fallait abattre leurs machines volantes !

*

Le capitaine Montrose était très satisfait de lui. Dès que le message du duc avait été expédié par pigeons voyageurs, Phébert avait galopé aussi vite que possible vers Musqueroi. Lycaros, Rouk et leurs soldats couraient derrière lui, le devançant parfois, car les pattes des lycans étaient mieux adaptées au terrain que les sabots de son destrier.

Ils devaient absolument atteindre Musquerine avant le lever du jour. À cette heure, le général aurait en main les ordres du duc. Mais l'officier serait-il assez sage pour mettre l'armée sur le pied de guerre et organiser la défense de la cité ?

En chemin, ils avaient croisé et effrayé des civils qui couraient se réfugier dans la capitale. Tout en galopant, Phébert avait la certitude de tenir son destin entre ses mains. S'il parvenait à convaincre le général de l'authenticité du message du duc, il se taillerait une place dans l'histoire de son pays.

L'arrivée sous les remparts d'une troupe de lycans terrifia les sergents du guet. Fort heureusement, le capitaine se trouvait parmi eux. Le général, un homme imposant au visage marqué par la guerre et les soucis, lut la missive que lui tendait Phébert.

Montrose s'était adressé aux soldats :

– Abaissez vos lances ! Les Sargasses attaquent. Ces lycans sont nos alliés. Le duc Ivor nous ordonne de leur ouvrir les portes. Voici leur chef !

Lycaros parla à son tour, Rouk traduisit. D'entendre un lycan parler leur langue stupéfia les hommes.

Forcé de croire en l'incroyable de la situation – n'avait-il pas entre les mains le message du duc authentifié par son sceau personnel? –, le général commanda l'ouverture des portes.

Les soldats avaient été tirés du lit. Les tocsins sonnaient dans la ville. Des feux s'allumaient aux croisements des rues et sur les chemins de ronde. L'ordre avait été donné aux militaires et aux civils de se cacher. L'ennemi devait à tout prix croire au succès de son offensive.

Dès que les galères se présentèrent dans le ciel, les lycans se tinrent prêts. Phébert avait décidé de combattre à leurs côtés. Après avoir passé des années à les craindre et à les haïr, il leur devait bien ça !

– Nous ne mourrons pas aujourd'hui, lui promit Rouk en tapotant l'épaule du jeune officier.

Peu après, les premiers soldats sargasses tombaient du ciel.

L'empereur Cirgman avait assisté, impassible, au massacre de ses premières troupes. Son visage était de marbre, ses yeux réduits à une fente lumineuse. Sa mâchoire tremblait. Mais devant son état-major, il devait absolument conserver son calme.

– Des lycans et des hommes, grommela-t-il. Est-ce possible ?

– Cette alliance est contre nature, Majesté ! s'emporta un ministre. Elle insulte les Écrits saints !

Tant de choses insultaient leurs coutumes dans la manière de vivre et de penser des gens de Musqueroi ! Cirgman avisa ses énormes tuyères. Il croyait déjà entendre le fracas des chevaux de sa cavalerie.

Il se tourna vers Lord Vikram Estrayan.

– Magicien, dit-il, le moment est venu de continuer à tenir votre engagement.

*

Le duc, monsieur Picwitt, Ballard et Ferrez arrivèrent au moment où le capitaine Phébert gagnait les créneaux en compagnie des lycans. Voyageant plus lentement que des soldats aguerris, ils pénétrèrent dans la ville par une porte dérobée.

Sitôt introduit auprès de ses officiers, le duc accepta qu'on le revêtît d'une armure. Son apparence était redevenue celle d'un homme. Seulement, il sentait trop son sang bouillir pour ne pas craindre, dans la furie des combats à venir, une nouvelle transformation.

– Messieurs, clama-t-il, battons-nous !

Juste avant de monter aux chemins de ronde, une femme accompagnée d'enfants l'interpella. Il sentit son cœur se serrer. Sa femme était à la fois si belle et si résignée dans sa douleur de vivre séparée de lui depuis si longtemps !

– Ivor ! sanglota-t-elle.

Il la prit dans ses bras, l'embrassa. Ses enfants le rejoignirent. Le souverain s'agenouilla devant Gouri, son aîné, et lui parla doucement.

– Si je disparais, mon fils, vous deviendrez le nouveau maître de Musqueroi.

Le duc dévisagea Ferrez et Ballard, et répéta ce qu'il venait de déclarer. Le ferronnier acquiesça. Le fils remplacerait le père.

Puis, réclamant à son tour une armure, Ferrez décida lui aussi de monter aux créneaux. Par solidarité, Ballard l'imita.

Soudain, un formidable fracas remplit la population d'épouvante. D'énormes rochers pleuvaient du ciel. Ils écrasaient les maisons, les hommes, les chevaux, fracassaient les tourelles et éventraient les murailles.

Ce qui terrifiait le plus les gens était que ces rochers ne tombaient pas à la verticale, mais voyageaient de biais ; atteignant une cible, redécollant comme par magie pour frapper de nouveau plus loin.

— Grimpons ! décida le duc en brandissant son épée.

Sur les murailles, les lycans, mais aussi le capitaine Phébert étaient maintenant aux prises avec d'autres guerriers sargasses.

Toujours penché au bastingage de sa galère, l'empereur souriait. Après un mauvais départ, la situation se redressait. Le magicien tenait ses promesses. Debout sur le gaillard avant du bâtiment, Vikram manœuvrait ses redoutables rochers à distance. Cela aussi « insultait » les textes sacrés de sa religion. Mais puisque ce magicien était de leur côté, l'empereur fermerait les yeux jusqu'à l'issue des combats ! Car il était évident qu'il ne pourrait jamais, après, laisser vivre ce suppôt des démons de l'enfer…

Cirgman distribua d'autres ordres. Il fallait à tout prix profiter de la panique du camp adverse pour frapper un grand coup. L'empereur songeait à sa cavalerie commandée par son fils. Si les renforts pouvaient arriver avant que ne s'essouffle la contre-attaque menée par le magicien, cette guerre serait achevée et gagnée dans l'heure !

Cirgman savourait déjà sa future victoire. Tout d'abord, il ferait exécuter publiquement le duc et toute sa famille. Il pendrait les ministres. Il nommerait ensuite un gouverneur, ferait venir des milices de son pays. Des commandants prendraient en main chaque bourg, chaque village, chaque place forte. Les riches bourgeois devraient lui remettre chacun leur fils aîné en otage – cela garantirait pour quelque temps la paix et la sécurité, soit jusqu'à ce que des civils sargasses viennent s'installer dans l'ancien duché, devenue une nouvelle province de son empire.

Le despote rêvait encore quand une détonation retentit. C'était comme un coup de tonnerre, mais sans le moindre orage à l'horizon. Sa galère fut percutée par une puissante bourrasque. Le bâtiment tressaillit. Puis il fut de nouveau violemment projeté de côté.

L'empereur se raccrocha *in extremis* à un cordage. Au même instant, plusieurs hommes tombèrent dans le vide.

Un coup d'œil à ses autres galères le glaça d'effroi. Sa flotte entière était apparemment attaquée par un ennemi invisible.

Des créneaux, le duc aussi avait remarqué le phénomène. Présent à ses côtés, méconnaissable dans une armure faite à sa mesure, monsieur Picwitt était tout énervé.

– Ce sont les renforts attendus, Monseigneur !

CHAPITRE 23

La bataille d'Urantiane

– Je crois, dit Paul en se tournant vers Penilène, que tu devrais regagner ton siège.

Laissant l'énergie d'Urantiane circuler de son cerveau aux paumes de ses mains, il donna ce qu'il appelait «l'impulsion mentale». La nef réagit aussitôt et entama un virage en U sur le dos.

Projetée en bas de la mezzanine, Penilène rampa jusqu'à son fauteuil. Accrochée au dossier, elle ragea entre ses dents :

– Depuis qu'on a regagné Urantiane, il est aussi excité qu'une puce !

Vivia perçut l'amertume sous la plaisanterie. De son côté, elle n'était pas fâchée, après leurs aventures dans le repaire des philosophes, de se retrouver en sécurité à bord de la nef.

Paul ne se tenait plus de joie. Concentré et en même temps ouvert aux flux psytroniques qui le maintenaient dans une sorte de transe, il éprouvait la merveilleuse sensation d'«être» la nef bien plus qu'il ne la pilotait.

C'était une émotion plus grisante encore que de jouer à ses jeux vidéo – même ceux virtuels ou 3D ! À bord d'Urantiane, une volonté autre que la sienne lui chuchotait à l'oreille. Non pas des mots comme l'aurait fait une personne vivante, mais des idées sous forme d'images furtives qu'il décodait.

Écrasée sur son siège par la pression, Penilène se retint de gémir. La nef zigzaguait entre les galères volantes.

– Espèce de fou ! On va s'écraser dessus ! s'égosilla-t-elle.

Paul ne répondit pas. Il n'était plus cet adolescent un peu niais venu d'Arizona embarqué dans une quête insensée, mais un héros de films d'aventures ou de science-fiction.

Urantiane se cabra. Son champ de force se dilata d'environ cinq mètres – l'estimation était de Paul. Le souffle généré par cette dilatation heurta une fois encore la galère amirale de plein fouet.

La coque se fractura. Deux mats se fendirent dans un fracas d'épouvante.

Afin d'oublier leur peur, Vivia et Penilène s'étaient chacune réfugiées dans leurs pensées. Vivia songeait au duc, à Rouk et à monsieur Picwitt. À l'étonnante tournure qu'avaient pris les événements. Finalement, l'attaque des Sargasses, si cruelle qu'elle puisse paraître, avait forcé les lycans et les hommes à s'allier pour défendre leur territoire. Les malentendus s'étaient dissipés d'eux-mêmes. En plus, les philosophes leur avaient promis le fameux cristal !

Urantiane reprit de la vitesse.

Penilène avait le cœur au bord des lèvres. Ses propres pensées étaient un maelström de souvenirs issus de leur course folle dans les bois. Deux guides lycans les avaient accompagnés. En regagnant la nef, Penilène avait recommencé à tousser et à se moucher.

– Regardez ! s'exclama soudain Paul. La cavalerie sargasse fait demi-tour !

Sur la route dégagée par les machines, le prince héritier faisait en effet volte-face. Les dernières manœuvres d'Urantiane autour des galères avaient terminé de semer la panique. Incapables de maintenir leurs engins au-dessus de la capitale, les navigateurs tentaient à présent de se dégager. Mais deux galères s'étaient éperonnées. Celle à bord de laquelle se trouvait l'empereur gîtait sur le flanc gauche.

Les rochers en lévitation étaient tous tombés ; comme si la force qui les maintenait dans les airs avait cessé d'opérer. Sous les yeux de Penilène et de Vivia se formaient des diagrammes. Des cartes et des symboles apparaissaient sur leurs écrans.

Sans doute Urantiane veut-elle nous dire quelque chose, songea Vivia qui ne parvenait pas, cependant, à comprendre où la nef voulait en venir.

Penilène aussi était perplexe.

La petite tête poilue de Sheewa dépassa du puits central.

– Chad ! s'exclama Vivia.

Tout à l'heure, au lieu de s'asseoir sur son siège, le jeune Asiatique avait rampé en direction du puits. De temps en temps, les petits cris de Sheewa leur avaient laissé entendre que le garçon fouillait dans les placards de la nef.

Mais à la recherche de quoi ?

— Chad ? appela encore Vivia.

— Attention ! lança Paul entre ses dents.

Une explosion retentit. La nef vira sur l'aile et partit en vrille. L'alarme se déclencha.

Sheewa vint se blottir dans les bras de Vivia.

Paul s'écria :

— L'accès au puits vient de s'ouvrir !

— On dirait que nous sommes à l'envers, gémit Penilène en retenant des hoquets de frayeurs.

— Pas de panique, dit Paul. Le souffle nous a projetés au sol. Mais rassurez-vous, tout va bien.

— Je crois que l'avant d'Urantiane est planté dans un banc de neige, indiqua Vivia. Chad est partit et...

Mais elle se tut. Comme ses amis, elle contemplait par-delà la coupole un spectacle à couper le souffle...

*

L'empereur Cirgman sentit que sa chance tournait quand sa galère amirale essuya la première « bourrasque fantôme ». Jusqu'à présent, en effet, tout ou presque s'était déroulé selon ses plans. L'invasion du duché allait bon train. Mais la vue de ses ministres tombant par-dessus bord avait ramené l'empereur à la réalité.

Accroché au bastingage, Cirgman contemplait ses voiles en feu, ses mats brisés, son pont fracturé, ses soldats épouvantés. Sous lui tanguaient les murailles grises de Musquerine. À leur sommet, des hommes et des lycans combattaient ses troupes. Ce spectacle incompréhensible ajoutait à sa confusion.

Du sol jaillissaient des projectiles crachés par les catapultes. Une poulie heurta le monarque au front. Sa tiare, symbole de sa puissance, disparut dans les flammes. La balustrade craqua sous ses doigts. Les mains en feu, l'empereur hurla. Il tombait dans le vide quand une poigne le retint par le tissu de sa manche de tunique.

– Magicien…, hoqueta l'empereur.

Vikram était accroupi au bord de son rocher volant. Les deux hommes se dévisagèrent.

Le seigneur des minéraux connaissait bien les despotes. Leur but, leur passion, leur unique obsession était le pouvoir. Celui-ci, comme d'ailleurs le roi Yegor, ne reculait devant rien pour assouvir sa quête de gloire.

– Magicien ! s'écria encore le monarque.

Les yeux de Cirgman étaient implorants. Vikram devinait qu'une victoire sargasse aurait signifié la mort de centaine, voire de milliers de civils… incluant la sienne ! Car comment un empereur assit au sommet d'une pyramide composée de prêtres extrémistes et revanchards aurait-il pu laisser vivre un magicien qui passait pour un démon ?

Épuisé, Cirgman ferma les paupières. Le tissu se déchira. Pas un hurlement ne sortit de sa bouche tandis qu'il disparaissait dans le brasier.

Vikram en déduisit que l'empereur avait tout de même l'étoffe d'un brave.

Peu après, deux autres galères s'éperonnèrent. Vikram évita de justesse un déluge de débris incandescents. Perché au-dessus des engins en perdition, il croisa les bras sur sa poitrine. Sa respiration était haletante. La tête lui tournait un peu. Supporter mentalement des tonnes de roches n'était pas une mince affaire !

Soudain, il crut rêver. Chad se tenait devant lui debout sur une espèce de bouclier volant en métal décoré de frises sculptées.

Lord Estrayan ne put s'empêcher d'admirer le jeune guerrier.

Leur dernier affrontement, en Atlantide, ayant été brusquement interrompu par une terrifiante fin du monde, le magicien hocha la tête.

— Tu veux te battre, petit ? lança-t-il.

Sans attendre la réponse, il brandit sa canne terminée par un fragment de granite et se campa sur ses jambes...

CHAPITRE 24

le combat aérien

Chad releva les pans de son poncho. La vue de son armure, garnie sur le thorax de la fameuse cartouchière remplie de fléchettes, n'eut pas l'air d'émouvoir le magicien.

– Je n'aime pas que l'on fasse du mal à mes amis, déclara le garçon d'un ton rauque.

Sans plus d'explication, il projeta coup sur coup deux fléchettes qui frôlèrent leur cible. Vikram lança alors son engin de granite sur Chad, qui dut s'accroupir pour éviter la collision.

Le jeune Asiatique dégaina son arme vibratoire et plongea derrière Vikram entre les galères en flammes. Le ciel était assombri d'impressionnants panaches de fumée. À tout moment pouvait survenir une autre déflagration. Au sol, les combats se poursuivaient. Cependant, découragés par la perte de leur galère amirale et par la débandade de leur cavalerie, les Sargasses se rendaient par centaines.

Lord Estrayan savait que Chad n'était pas un adversaire ordinaire. Curieux, tout de même, de tester son habileté à manœuvrer son étrange bouclier, il slaloma entre les navires.

Son énergie déjà entamée par la bataille, Vikram ne croyait pas pouvoir tenir bien longtemps. Aussi tenta-t-il le tout pour le tout. Arrachant un fragment de roche à son propre agrégat, il le réduisit en pierraille et mitrailla l'adolescent.

Chad tira trois longs jets d'énergie vibratoire qui dispersèrent les projectiles. Plusieurs d'entre eux transpercèrent voiles, coques et hublots. Chad vit une poignée de cette mitraille atteindre un matelot qui s'accrochait désespérément à un hauban. L'homme poussa un hurlement.

Le jeune Asiatique se précipita vers lui, tendant sa main. Hélas, le Sargasse était déjà mort. Reprenant de l'altitude, Chad se plaça alors au-dessus des galères.

Trouver le bouclier volant dans un des placards de la nef avait été une aubaine ! Le métal du bouclier rappelait la matière dont était faite Urantiane. Chad avait immédiatement compris que cet objet n'était pas une simple pièce de collection.

D'anciens souvenirs lui étaient revenus. Son maître-abbé ne lui parlait-il pas de ces « héros » qui volaient autrefois sur des objets ronds, brillants et richement sculptés !

L'adolescent avait placé ses pieds sur le bouclier, et grimacé en se sentant transpercé par une puissante onde « électro-psychique ». Le puits d'accès s'était ensuite ouvert de lui-même. Chad était tombé dans le vide.

Quelques secondes avaient suffi au garçon pour comprendre que son corps et ce bouclier ne faisaient plus qu'un. Dès lors, il avait usé de ce véhicule comme d'un surf. Ses pensées se communiquaient au bouclier. Celui-ci réagissait à la centième de seconde. Bras tendus, hanches souples, attentif au courants ascensionnels, l'adolescent avait filé dans le ciel à la suite du magicien.

Le vent vif plaquait ses cheveux sur ses joues, s'engouffrait sous son poncho, glissait sur son armure. Ses bottillons en peau et en cuir pouvaient se déchirer à tout instant. Il était trop tard, cependant, pour songer à surfer nu-pieds !

Une roche le frôla, puis une autre. Lord Estrayan jaillit d'un panache de fumée. Un craquement épouvantable retentit à leurs oreilles. Une des galères restantes grognait tel un animal blessé. Elle paraissait sur le point de s'effondrer sous son propre poids.

À trois mètres de lui, Chad vit un soldat glisser sur le pont. Ignorant son adversaire, il s'élança vers lui. L'homme agrippa la main tendue de Chad. Emporté dans les airs, il se laissa pendre dans le vide.

Les genoux à demi pliés, le dos voûté, les chevilles et les hanches toujours prêtent à répondre au moindre appel d'air, le jeune Asiatique longea les créneaux.

Rouk et Lycaros combattaient dos à dos, aidés par Ferrez et Ballard. Tous le regardèrent, éberlués.

Après avoir déposé son « passager », Chad regagna le ciel. L'éclat d'une cape rouge le guida entre les deux galères. Il évita de justesse un projectile tiré à partir du sol par une catapulte.

Aussi raide qu'une statue, Vivia assistait au combat aérien à travers la coupole de la nef.

— Ce duel ne mène nulle part, murmura-t-elle, effrayée.

Sheewa bondissait sur le dossier comme une folle.

— Tu as peur pour Chad, toi aussi ! fit Vivia, le cœur serré.

Penilène tentait de comprendre les idéogrammes affichés sur ses écrans.

— C'est du vrai charabia ! se plaignit-elle.

Paul avait dégagé Urantiane du banc de neige et mis de la distance entre les murailles et les galères toujours sur le point de sombrer. Il se sentait un peu inutile depuis que ces engins ne représentaient plus une menace directe pour les citadins.

Sauf que, songea-t-il, *ils risquent de s'écraser sur les créneaux.*

— Non ! s'écria soudain Vivia en se levant.

— Quoi encore ? geignit Penilène.

— Chad !

Sheewa pleurait.

Sur la coupole apparut alors une projection holographique enregistrée quelques secondes plus tôt par Urantiane.

Vivia répéta « Chad ! » en voyant l'adolescent se faufiler entre les galères derrière Lord Estrayan.

Puis, une terrible explosion avait retenti.

Impuissants, les trois jeunes virent les bâtiments s'écraser. Le premier se planta sur les murailles. Le second tomba à moitié dans les douves, à moitié sur un pont en pierres.

— Je ne peux pas croire que ce sale magicien a tué Chad ! s'exclama Penilène.

Un zoom montra Vikram fendant l'air en direction des créneaux. Il longea les fortifications jusqu'à Ferrez, se dressa face au ferronnier, dégaina une dague et récupéra le cristal.

Aussitôt son larcin accomplit, il reprit de l'altitude. Il disparut au milieu des fumerolles, de milliers de fleurs de cendre et d'un magma de débris incandescents.

*

Paul fit atterrir Urantiane loin des foyers d'incendie. Vivia et Sheewa sautèrent dans le puits central. À l'extérieur régnait une épouvantable confusion. Les combats avaient cessé. Les Sargasses survivants étaient alignés contre les murs de la cité.

Une épaule bandée, le capitaine Montrose conduisait les opérations. La ville avait été épargnée, mais ses abords étaient transformés en marécages de flammes. Autour des carcasses des galères se trouvaient nombre d'hommes blessés, gémissants, agonisants.

La guerre, sous toutes ses formes, était laide et monstrueuse.

Sheewa courut vers son jeune maître.

Chad était tombé. Fort heureusement, il ne semblait souffrir que de quelques contusions et coupures légères. Le visage et le cou noirs de cendre, il rouvrit les yeux et vit Sheewa et Vivia souriantes et penchées sur lui.

Paul et Penilène les rejoignirent. La jeune Noire semblait toute retournée par la violence des événements.

Incapable de parler, Paul croyait être plongé vivant dans un de ses jeux vidéos. La fumée le prenait à la gorge. Sa poitrine lui faisait mal.

— Mes amis ! s'exclama une voix.

Le duc, mais aussi Lycaros, Rouk et monsieur Picwitt leur adressaient de grands signes.

— C'est une magnifique victoire ! s'exclama le souverain.

Politicien dans l'âme, Ivor se plaça entre Lycaros et Rouk, et assura que la cité avait été sauvée grâce à leurs forces conjuguées. Il était trop tôt, encore, pour tout expliquer. Ils devaient d'abord panser les blessés et éteindre les incendies.

Ferrez et Ballard apparurent, les vêtements déchirés, le visage défait. Le duc leur serra la main. Ce jour était décidément celui de la Grande réconciliation.

Soutenu par Vivia, Chad traînait son bouclier d'orichalque.

— Mes amis, répéta le duc, acceptez ce soir notre hospitalité.

CHAPITRE 25

L'aube musqueroise

Le lendemain, on vint les réveiller au petit matin. Paul et Penilène déjeunèrent dans une salle chauffée par un feu qui ronflait dans une énorme cheminée. La veille, la jeune Noire avait trop mangé. Mère Moïrelle l'avait pourtant bien prévenue. Dans son état, il aurait mieux fallu ne boire qu'un bouillon. Mais comment rester frugal quand Paul, lui, s'empiffrait !

– Vous devez vraiment partir si vite ? s'enquit monsieur Picwitt en s'asseyant à leurs côtés sur le banc de bois.

– Hélas, répondit Penilène, Lord Vikram a volé notre cristal.

On leur servit de l'orge, du lait, des œufs et des biscuits. Déjà, une armée de domestiques ramassait les reliefs du plantureux repas offert par le duc.

– Ha ! Vous voilà ! fit Penilène en voyant arriver Chad et Vivia.

D'excellente humeur, Sheewa les tenait par la main.

Paul avait mal à la tête.

— Pas étonnant, avec ce que tu as mangé hier! le railla son amie.

Le jeune blond sourit à Chad et à Vivia.

— Tu as un admirateur, Vivia, dit-il en désignant le nain qui adressait des signes amicaux à l'adolescente.

Ils avaient dormi dans des chambres séparées. Malgré tout, Penilène regrettait le confort de sa couchette à bord d'Urantiane. Durant la nuit, à cause des vents déchaînés, elle avait beaucoup réfléchi et trop peu dormi.

Monsieur Picwitt prit les mains de Vivia.

— Quel dommage que ce magicien ait volé le cristal qui aurait pu vous guérir!

Ferrez, Ballard et les membres de leur famille, qui avaient fui le village de Pons pour se réfugier à Musquerine, descendirent. Triana souriait entre son père et sa mère. Par respect pour les habitants de la cité encore stupéfaits par l'alliance entre les hommes et les lycans, Lycaros et Rouk n'avaient pas dormi au château.

L'aube pointait entre les fenêtres en ogive.

Peu après, accompagné par sa noble épouse et leurs enfants, le duc se joignit à eux. Ivor salua chacun de ses invités.

Tous comprenaient que la présence des quatre jeunes à Musquerine pouvait donner lieu à des débats, voire à des querelles au sein du gouvernement : surtout auprès des membres du clergé qui supportaient déjà mal Ferrez, Ballard et mère Moïrelle à leur table.

Ivor considéra ses nouveaux amis. En peu de jours, lui semblait-il, le rapport des forces ainsi que toute la situation politique et religieuse avaient changé.

Plus tard dans la journée, après avoir visité de nombreux foyers et consolé des veuves et des orphelins, il recevrait les dignitaires de son pays. Il accorderait une audience à l'ambassadeur du roi voisin — son supposé allié qui n'avait pourtant pas montré le bout de son nez durant les combats ! Il verrait aussi le diplomate envoyé par le prince héritier des Sargasses afin de lui rendre le corps méconnaissable de l'empereur Cirgman retiré des décombres, et de régler le sort des prisonniers.

Ivor souhaitait ardemment signer un traité de non-agression avec son voisin du sud. Ce qu'ils venaient de vivre avec les lycans était si incroyable que l'espoir de voir s'établir une paix durable était désormais — il voulait le croire en tout cas — possible.

Il sourit à Vivia :

— Vous ai-je dit combien je suis navré d'avoir cru que vous étiez venus pour m'assassiner ?

La duchesse ouvrit de grands yeux. Elle avait décidément bien des questions à poser à son époux.

— Aussi, reprit le duc, cette nef volante, Urantiane, est réellement prodigieuse !

Vivia sentit peser sur elle le regard chargé de questions de Paul qui avait tendance à considérer la nef comme son bien personnel.

— Je ne vous remercierai jamais assez, Vivia, poursuivit Ivor. Grâce à vous, monsieur Picwitt et moi-même parlons le lycan. Et avec Rouk qui connait maintenant notre langue, l'entente entre nos deux peuples devrait être grandement facilitée.

» Je ne suis sans doute pas guéri, mais au moins ai-je accepté ma condition, poursuivit le duc. Je ne me cacherai plus. Mon peuple devra me prendre tel que je suis devenu. J'apprendrai à utiliser au mieux les capacités de mes deux personnalités.

Ivor était également très curieux d'en savoir davantage sur leur mission. Ils étaient venus récupérer le cristal vert de Ferrez. Mais, par Khephré, dans quel but ?

Paul était tenté de lui expliquer. Ces habitants issus d'une époque moyenâgeuse pouvaient-ils seulement concevoir qu'il existait, au-dessus du leur, deux autres Terres ou univers parallèles ?

Les quatre jeunes se consultèrent du regard. Force était d'admettre que de parler de la cité céleste de Shamballa, des sept cristaux et du prochain avènement planétaire qui allait bientôt se produire dans *le futur* de leur époque ne ferait qu'embrouiller ces hommes qui avaient déjà assez de problèmes sur les bras.

Au moment des adieux – Ivor préférait que les jeunes repartent avant que la cité ne s'éveille –, Penilène prit Ferrez à part.

– Lorsque j'étais dans la tanière du clan de Lycaros, dit-elle, nous avons vu un ancien manuscrit ainsi que des gravures. Cela concerne votre prophète Khephré ainsi que ses compagnons.

Ferrez fronça les sourcils. Penilène hésita – de quoi se mêlait-elle ? –, puis se risqua :

– Apparemment, deux lycans figuraient au nombre de ces compagnons. Mais, je..., enfin... (Paul lui donna un coup de coude.) Je suppose, termina-t-elle en faisant claquer sa langue d'agacement – Paul était bien malcommode! –, que Rouk et son frère vous en parleront en temps voulu.

Le jeune Arizonien la poussa dans la galerie. Il avait hâte de regagner Urantiane. Hâte, aussi, de quitter cette époque et le monde du Soleil de cendre où il avait l'impression, parfois, d'étouffer.

– Qui sait ce que ce diable de Vikram Estrayan a pu faire avec notre cristal! lança-t-il pour se justifier.

En traversant les cuisines, il demanda à une matrone s'il pouvait emporter de ces délicieux petits pains aux noix qu'il avait goûtés au petit déjeuner. Il glissa dans sa main une plaquette d'or en guise de remerciement.

Les galères fumaient encore. Des dizaines de vagabonds et de voleurs avaient passé la nuit à inspecter leurs carcasses.

Lycaros, Rouk et un certain nombre de lycans les attendaient. Chad tenait dans ses bras son précieux bouclier d'orichalque.

À croire, se dit Vivia en riant, qu'il a dormi avec!

Paul pressa le centre du motif qu'il portait autour du cou. Aussitôt, une fluorescence mauve striée d'éclairs alluma l'aube grisâtre. Impressionnés, hommes et lycans reculèrent.

Mère Moïrelle tendit à Penilène un paquet emballé dans un linge.

– Tenez, voici des plantes pour soigner votre rhume et votre toux.

Le capitaine Montrose était adossé contre un arbre. Près de lui se tenait la jeune et jolie Rinette. Leurs mains enlacées firent monter des larmes dans les yeux de Vivia.

– Est-ce que ça va? s'enquit Penilène.

Chad aussi remarqua la tristesse de son amie.

— Je vais bien, assura l'adolescente en regardant surtout Chad. C'est seulement que… tout finit bien, cette fois !

Faisait-elle référence à leur précédente aventure où tout s'était, justement, terminé par une terrifiante fin du monde ?

Paul se racla la gorge.

— Moi, je dirais que ce n'est pas encore terminé. N'oubliez pas que le deuxième cristal nous a filé sous le nez !

Après moult gestes d'au revoir, ils s'engouffrèrent dans le puits central.

Peu après, la fluorescence s'estompa. Seul un vent violent trahit le décollage de la nef. Par les vitres dessinées sur le plancher, Chad et Vivia regardèrent leurs amis devenir de plus en plus petits, puis disparaître sous les épaisses couches de nuages.

— Je ne regretterai pas ce pays ni cette époque crasseuse, fit Penilène en éternuant.

— Ce sont des gens bien, dit Vivia en songeant à ses nouveaux amis.

— Et maintenant ? demanda Paul, installé aux commandes, en pensant aux petits pains croustillants qu'il avait laissés sur le comptoir de la cuisine.

Il stabilisa Urantiane en haute altitude. Tous les quatre se dévisagèrent.

À cet instant précis, l'élémentum sortit du plancher. Devant le « champignon » et, surtout, la tour de cristal dans laquelle ils avaient déjà placé le cristal de Nebalom, chacun baissa les yeux.

– Nous avons échoué, laissa piteusement tomber Penilène.

Elle éternua de nouveau.

Vivia s'approcha de la tour. Avec les doigts, elle effleura chacune des six étagères vides. Elle avait l'intuition que le cristal vert de guérison aurait été parfaitement à sa place sur la quatrième tablette.

– Celle du cœur, fit Paul.

– Hein ? s'étonna la jeune Noire.

– Urantiane vient de me le dire, grommela l'Arizonien. Enfin, je crois.

Penilène était agacée. Que Paul puisse être aussi « connecté » avec la nef la mettait mal à l'aise. Mais, bien entendu, elle ne l'aurait jamais avoué.

– Bon, mais maintenant, sérieux, on fait quoi ? répéta-t-il.

Vivia alla se rasseoir sur son fauteuil, Sheewa lovée dans ses bras. Paul se planta entre les échelles de coupée, face au symbole de leur quête : le soleil divisé en trois mondes ou univers et ses 12 rayons de lumière. Il contemplait plus précisément le mystérieux compte à rebours qui avait déjà, en Atlantide, intrigué les complices de Lord Estrayan.

– Tu penses toujours, s'enquit Chad, que ce chiffre indique les battements de cœur qu'il reste aux trois mondes avant… (le garçon cherchait le mot exact) le prochain avènement planétaire ?

Paul allait répondre quand la clarté du cockpit se mit à décroître. Apparut alors le visage rond et souriant de la Dame de Shamballa.

Voilà, songèrent-ils au même moment, *ce que nous attendions tous...*

CHAPITRE 26

La fleur dimensionnelle

La silhouette de Dame Uriella évoluait au milieu d'une brume évanescente traversée par des symboles complexes. Paul reconnut assez facilement les formes traditionnelles : losange, triangle isocèle et étoile à huit branches. D'autres, par contre, lui étaient inconnues.

La Dame portait toujours sa robe de lumière bleue. Son visage ample, sa peau au teint lunaire, ses traits orientaux la montraient telle quelle leur était apparue la première fois, après leur découverte de la nef, dans le monde du Soleil de cendre.

Elle souriait. Malgré cela, les quatre jeunes faisaient grise mine. Vivia montra ses mains vides, puis la tour de cristal. Mais sans pouvoir prononcer une seule parole.

– Vikram Estrayan nous a devancés, avoua Paul.

La Dame exhalait-elle un subtil parfum de roses ? Une vibration claire et douce résonnait-elle dans le cockpit? Paul et Penilène contemplaient, gênés, le bout de leurs pieds.

Dame Uriella parla :

— Ce que les gens considèrent souvent comme une défaite est en vérité une victoire qui ne s'est pas encore manifestée dans leur réalité, dit-elle. Je ne vois et ne sens que de la tristesse, de la désolation. Pourtant, vous devriez être fiers des choses que vous avez accomplies en terres de Musqueroi.

Les jeunes relevèrent la tête. Sheewa s'approcha de la projection holographique de la Dame, tourna autour, plissa les yeux, se gratta la tête.

— Ce que nous avons accompli? répéta naïvement Penilène.

— Bien sûr! Vous avez infléchi de manière bénéfique le cours des événements. N'oubliez pas que vous demeurez pour Shamballa des porteurs de lumière!

Paul approuva : sans eux, qui peut dire quelle aurait été l'issue de l'invasion sargasse? Et que penser de l'alliance survenue *in extremis* entre le duc et les lycans?

Penilène faisait la moue. Leur mission première n'était-elle pas de retrouver chacun des sept cristaux et de les ramener le plus vite possible à Shamballa avant que — elle montra le compte à rebours— les trois mondes et toutes les civilisations … périssent?

La Dame sourit davantage. Ses yeux brillaient d'une intensité particulière.

— Vous avez bien saisi l'importance de votre quête. Mais que cela ne vous empêche pas, durant vos voyages, de poser des gestes concrets pour les peuples et d'entreprendre pour vous-mêmes de tout aussi importants apprentissages. Voyez-vous, dans toute course, ce qui importe le plus n'est pas tant de franchir la ligne d'arrivée que le trajet lui-même !

Penilène continuait à faire la moue. D'un côté, les encouragements de Dame Uriella étaient les bienvenus. De l'autre, elle souhaitait rentrer chez elle et revoir sa famille.

Ses trois amis, et même Sheewa qui avait renoncé à fouiner sous les pans lumineux de la robe de la Dame, semblaient d'accord avec leur guide.

– Quand même, insista Penilène, que faisons-nous pour ce cristal que nous a volé Lord Vikram ? S'il le ramène au roi Yegor…

Elle se rappelait la grande tour sombre que ce despote faisait construire au cœur de sa capitale. Une pensée furtive lui ramena l'image du jeune et séduisant Demetor, le chef des rebelles*.

Dame Uriella leva sa main. Il était temps, maintenant, d'aller de l'avant.

Penilène se mordit les lèvres. Peut-être aurait-elle mieux fait de se taire ? Dame Uriella avait-elle prévu de leur accorder quelques jours de vacances entre deux « missions » ?

Penilène voulait rentrer à New York. Mais sans doute Paul souhaitait-il lui aussi revoir ses parents en Arizona ?

– Le troisième cristal, reprit Dame Uriella, vous attend dans le magnifique monde du Soleil de cristal.

À l'énoncé de ce plan dimensionnel qu'ils n'avaient pas encore visité, les jeunes gardèrent le silence.

---

* Voir le tome 1 : *Les porteurs de lumière.*

— Vivia, ajouta Dame Uriella, tu sais que ce monde est le tien, n'est-ce pas ?

L'adolescente hocha la tête. Suite aux révélations que lui avait faites la prêtresse de Poséidon, en Atlantide, des bribes de son passé lui étaient revenues.

— Pour cette mission, reprit Dame Uriella, vous devrez chercher en vous les ressources et les réponses nécessaires. Ce quatrième voyage vous mènera au bout de vous-mêmes et dans ce que vous avez à la fois de plus sombre et de plus lumineux.

Son sourire s'étira de nouveau. Le parfum de roses se fit plus entêtant. D'ailleurs, une rose stylisée n'apparaissait-elle pas derrière la Dame ?

Les jeunes s'attendaient sans doute à des conseils. Hélas, la silhouette du guide se dissipait déjà.

Vivia tendit sa main :

— Attendez !

Penilène devina que son amie voulait en apprendre davantage sur sa présumée maladie. Était-ce grave ? Cela touchait au sang. S'agissait-il d'un cancer ? D'une leucémie ?

Quelques secondes plus tard, le cockpit retrouvait sa luminosité habituelle. Sheewa monta sur l'épaule de Vivia et lui entoura le cou avec sa longue queue.

— Allons nous rasseoir, conseilla Paul. Urantiane me dit que le temps est venu.

— Venu pour quoi ? se récria Penilène. Nous ne savons rien !

Avait-elle au moins le temps de prendre une tisane des plantes que lui avait donnée mère Moïrelle ?

Urantiane tressaillit.

Paul, cette fois, voulait « comprendre » comment ils voyageraient à la fois dans le temps et les plans dimensionnels. Derrière son fauteuil, contre la paroi, bourdonnait un élément qui ressemblait à une machine. S'agissait-il d'une sorte de convecteur temporel comme dans les films de science-fiction ?

La nef lui communiqua de nouvelles informations.

— Restez calmes et respirez, conseilla-t-il à ses amis. Allez-y par le nez et longuement.

— C'est une blague ? voulut savoir Penilène.

— Cela nous évitera d'être trop secoués.

Chad se sangla dans son fauteuil.

Il échangea un regard avec Vivia. Il voulait lui dire : « Nous allons chez toi. Peut-être allons-nous retrouver tes parents, ta famille ! Et, dans ce monde du Soleil de cristal, il existe sûrement une cure pour ton mal. »

Mais comme il était mal à l'aise avec les mots, il se contenta de sourire brièvement.

Sheewa était étrangement calme : signe qui pouvait signifier que, pour une fois, tout allait vraiment bien.

La vibration prit de l'ampleur et devint bientôt insoutenable. Paul la sentait monter en lui. Déjà, ils quittaient le monde du Soleil de cendre.

Respire, se dit-il. *Respire et fais le vide en toi. Laisse agir Urantiane…*

Une vive clarté inonda le cockpit. À l'extérieur de la nef se dessinèrent des motifs de fleurs à 12 pétales. Uniformes dans leur design, presque géométriques, ces fleurs s'imbriquaient parfaitement les unes dans les autres.

– Woooh ! fit Vivia, on dirait un mandala !

Plus Urantiane « s'élevait » – c'était le mot qui venait au jeune blond –, plus le motif présent dans la lumière devenait net, précis, magnifique. Au même moment, ce même symbole en forme de sphère géante apparaissait sur les écrans de chacune des consoles devant Penilène, Vivia, Chad, et Paul ébahi.

– Je ne contrôle plus rien ! s'exclama Paul.

– On ne va pas de nouveau perdre connaissance, au moins ? s'inquiéta Penilène.

Urantiane plongea dans la lumière. Ils entendirent un « pop ! » immense et impressionnant semblable à une gigantesque implosion. La pression augmenta encore, mais rien ne se produisit. Un autre monde, comme ils n'avaient jamais osé en rêver, apparut simplement devant leurs yeux...

CHAPITRE 27

Les atolls flottants

Les premières choses qu'ils virent par-delà la coupole de la nef furent les îles aériennes, véritables parcelles de terre arrachées du sol avec leurs montagnes, leurs forêts, leurs lacs et cataractes d'eau claire qui cascadaient le long de profondes ravines.

Urantiane avait atterri sur une de ces îles. Dans le ciel aux reflets cristallins nimbés de doux reflets mauves, ocres et dorés se détachait ce qui ressemblait à un atoll complet de mondes vierges et paradisiaques en suspension.

Paul et Penilène se frottèrent les yeux. Vivaient-ils un rêve ?

Le jeune blond vérifia ses écrans. Des séries de chiffres et de symboles inconnus défilaient, sans logique apparente. Les sourcils froncés, il demeurait perplexe.

– Alors ! plaisanta la New-Yorkaise, tu attends le métro ?

– L'atmosphère ainsi que la densité et la masse de ce monde correspondent apparemment à ce que nous avons l'habitude de supporter, répondit finalement Paul. Par contre...

Vivia était aux anges. Elle tendit les bras.

— Je vous présente... chez moi ! s'exclama-t-elle.

— Vraiment ? Tu te souviens de tout ça ? fit Penilène, sceptique.

Vivia se remémorait davantage les cités suspendues et les océans de cristal. Mais ces îles de verdure sauvage s'y apparentaient tellement !

— Le niveau d'humidité semble être assez élevé, compléta Paul. Mieux vaudrait quand même porter des anoraks.

En quittant le duché de Musqueroi, ils s'étaient débarrassés de leurs lourdes pelisses et manteaux de peau. Ces vêtements jonchaient à présent le sol du cockpit.

— Il faudrait d'abord songer à ranger ceux-là ! décida Penilène en s'improvisant maîtresse de maison. Et puis, on devrait se laver. On pue !

Mais Vivia était trop énervée pour songer à faire du ménage.

— Je vous attends dehors ! s'écria-t-elle.

Sheewa lui emboîta le pas. Chad ramassa le bouclier d'orichalque qu'il n'avait pas eu le temps de ranger. Penilène sortit de sa poche les deux plaquettes d'or dont ils n'avaient, cette fois-ci, pas eu besoin.

— Alors, dit-elle à Paul qui rêvassait devant ses écrans, tu ne veux pas découvrir le paradis de Vivia ?

— Ouais. Va devant. Je vous rejoins...

Quelque chose, dans l'agencement des symboles et des chiffres, le dérangeait. Et puis, Urantiane semblait vouloir lui communiquer des informations.

Ce qui était embêtant, c'est qu'il ne parvenait pas à s'en faire une idée claire. En descendant l'échelle de coupée du puits central, il remarqua que l'élémentum s'était rétracté dans le sol et que le placard dans lequel Chad avait trouvé son bouclier n'était qu'à moitié refermé.

Penilène l'attendait dans le sas alors que Chad, Vivia et Sheewa étaient déjà sortis.

Paul tendit à son amie des vêtements légers de coupe résolument moderne. Le genre de veste souple et de pantalon très moulant que n'auraient pas détesté porter des sportifs de haut niveau.

– Bleu et brun, ça te va? s'enquit-il, un brin anxieux.

Penilène préféra l'ensemble marron, rouge et crème.

– Je vais prendre une douche rapide et je reviens, fit-elle en remontant l'échelle.

Paul s'habilla dans le sas.

Il entendait son cœur battre à grands coups sonores dans sa poitrine, comme s'ils se trouvaient en altitude.

Quinze minutes plus tard, Penilène redescendit l'échelle.

– Oh! s'émerveilla Paul.

– Surtout, pas de commentaire! exigea la jeune Noire en ébouriffant ses longs cheveux crépus encore tout mouillés.

Paul déglutit. Jamais encore il ne s'était aperçu combien Penilène était grande et élancée. Il faut dire que la robe de nonne qu'elle avait portée pendant leur dernière mission ne lui avait pas du tout rendu justice. Ce nouvel ensemble la faisait plutôt ressembler à une pilote de Formule 1 sexy.

Vivia, elle, n'en revenait pas. Les atolls flottants se mouvaient paresseusement au rythme d'un vent tiède, caressant et fruité.

Une voix retentit dans son dos.

– On dirait les Caraïbes, mais en plein ciel ! s'exclama Penilène.

Vivia complimenta son amie sur sa nouvelle tenue.

Chad nota pour sa part que la voix de Penilène leur parvenait comme assourdie. Entendait-il mal à cause des battements accélérés de son propre cœur ?

Sheewa les regardait avec ses grands yeux doux et humides.

– Faisons le point, proposa Paul. Si Urantiane nous a menés ici et pas ailleurs, ce n'est pas un hasard.

– Nous devrions chercher chacun notre élément, dit Vivia. Malheureusement, j'ai perdu le creuset en étain que tu m'avais trouvé, Chad, et...

– L'élémentum s'est rétracté, la coupa Paul.

– Entendez-vous ? lâcha le jeune Asiatique.

Nul bruit provenant de source naturelle, chant d'oiseau ou d'insecte, n'était audible. Pas même celui des énormes cataractes d'eau qui tombaient des atolls voisins.

Paul tapa du pied.

– C'est de la bonne terre. Et la roche semble tout ce qu'il y a de plus ordinaire.

Chad posa sa main sur sa poitrine.

– Je n'aime pas ça.

– Ah oui, s'étonna Vivia, quoi ?

– Mon cœur.

Chad avait été élevé à la dure dans un temple peuplé de prêtres-guerriers et de philosophes. On lui avait enseigné à contrôler ses pensées ainsi que son rythme cardiaque.

– Moi aussi, avoua Penilène. J'ai la gorge sèche. Je vois trouble et mon cœur bat comme si je venais de courir un 100 mètres.

– Nous sommes en altitude. C'est… normal, balbutia Paul en luttant contre un étourdissement.

– L'altitude, seulement ? ironisa Penilène.

Puis, sans crier gare, elle s'évanouit.

Paul se pencha vers elle.

– Penny ?

Victime de convulsions, il se mit à haleter et se prit la gorge à deux mains. Ses yeux étaient écarquillés, sa bouche grande ouverte.

Sheewa poussa un cri terrible.

– Il faut regagner Urantiane, glapit Chad.

Vivia ne comprenait pas.

– Ce n'est pas uniquement une question d'altitude, ajouta le garçon. Je me sens…

Il se tut, préféra agir. Il souleva Penilène dans ses bras, se hâta vers le sas.

Pour la première fois, ils voyaient la nef en entier, car dans ce monde il semblait que le champ de protection invisible ne fonctionnait pas normalement. Chad distinguait la vaste coupole ruisselante de lumière, la forme ovoïdale du socle de l'appareil, sa couleur crème et or ainsi que les trains d'atterrissage qui n'étaient faits d'aucun matériau connu.

Il parvint à allonger Penilène dans le cockpit ; rebroussa chemin.

Vivia tirait Paul par les aisselles.

— Sheewa, tais-toi ! Mais tais-toi ! implora-t-elle.

Elle indiqua le ciel.

— Un orage se prépare. Je me souviens, je me souviens…

Tremblante comme une feuille, elle ne put en dire davantage.

— Attends, je t'aide ! fit Chad.

Ils traînèrent Paul jusque dans le sas, le hissèrent dans le puits. Essoufflé, le teint gris, le corps douloureux, le jeune Asiatique referma le sas manuellement.

Il avait du mal à respirer. À chaque instant, son cœur semblait sur le point de sauter hors de sa poitrine. Sa tête allait-elle aussi exploser ?

— Ce n'est pas l'al… l'altitude, répéta-t-il.

Vivia monta l'échelle et tira Paul par les bras tandis que Chad le poussait de toutes ses forces. Paul fut installé à côté de Penilène. Tous deux étaient raides et leur peau avait viré au gris plombé.

— Mais enfin, qu'est-ce que vous avez, tous ? fit Vivia.

Elle tendit le cou par le puits.

— Chad, je…

Mais son ami venait à son tour de perdre connaissance. Affolée, elle dégringola l'échelle, appuya son oreille contre son thorax. Son cœur ne battait plus. Elle souleva les pans du poncho, dégrafa les attaches latérales de l'armure, ôta la lourde cartouchière.

Elle appuya sur sa poitrine avec ses paumes. Une fois, deux fois…

— Allez ! Allez ! Je t'en prie !

Elle colla sa bouche sur celle du garçon, inspira par le nez, souffla.

Une fois, deux fois, trois fois.

– Ne meurs pas ! S'il te plaît, ne meurs pas !

L'angoisse la paralysa. Ils allaient tous périr parce que cet univers n'était pas fait pour les êtres humains venus des plans dimensionnels inférieurs.

Terrorisée, Vivia sentait que son tour approchait. Elle se força à marcher jusqu'à son siège. Avant de se pelotonner comme une petite fille dans son fauteuil, elle implora Urantiane de leur venir en aide…

Index des personnages

Caron : Nom donné par les hommes au compagnon lycan du prophète Khephré de Nomah.
Chad : Quatorze ans. Élevé dans un temple du monde du Soleil de cendre, il a été préparé très jeune à la quête des sept cristaux. Spécialiste en arts martiaux, peu bavard, il est chargé de la sécurité du groupe.
Cirgman Somark : Empereur des Sargasses.
Civianne : Fille du duc.
Demetor : Nom du jeune chef des rebelles luttant contre le roi Yegor — voir le tome 1 : *Les porteurs de lumière.*
Ethan Picwitt : Domestique nain au service du duc Ivor.
Gouri : Fils du duc Ivor.
Igard Ferrez : Ferronnier du village de Pons-le-Roy ayant recueilli chez lui Paul et Penilène.
Ikar : Nom donné par les hommes à la femme lycan qui accompagnait autrefois Khephré de Nomah.
Ivor IV de Musqueroi : Souverain du duché de Musqueroi.
Joras de Nault : Archevêque de la région de Pons.
Khephré de Nomah : Prophète médiéval du monde du Soleil de cendre.
Klol : Prénom fictif utilisé par Paul pour passer inaperçu en terres de Musqueroi.

Libeï : Fillette du duché de Musqueroi vivant dans le village de Pons-le-Roy, supposément enlevée par les lycans.
Lycaron : Disciple lycan de Khephré de Nomah.
Lycaros : Chef du clan de lycans vivant dans la région de Pons.
Moïrelle : Mère supérieure de l'abbaye du village de Pons-le-Roy.
Murène : Femme du ferronnier Ferrez.
Myria : Fille du duc.
Nebalom : Prophète de la dernière civilisation atlante, venu à Posséïdonis pour livrer au peuple le manuscrit sacré de l'Un ainsi que son cristal, une pierre fabuleuse chargée d'énergie censée préserver la paix sur l'ensemble des territoires atlantes.
Paul Winthrop : Quinze ans, natif de l'Arizona. Il est mentalement et spirituellement connecté à Urantiane. Pilote hors pair et scientifique à ses heures, il est passionné par les énigmes et la recherche de chacun des cristaux de pouvoir.
Penilène : Quinze ans. Née dans les Caraïbes, Penny vit à New York avec sa famille quand elle est enlevée par Lord Vikram. Analytique, foncièrement intellectuelle, doutant de l'existence des forces paranormales, elle veille sur le groupe comme, autrefois, sur ses frères et sœurs plus jeunes qu'elle.
Penilon : Nom que Penilène s'est donné, au cours de cette mission, pour s'intégrer aux habitants du village de Pons.
Phébert Montrose : Jeune capitaine arrogant et ambitieux de l'armée du duc.
Philosophes : Maîtres de la confrérie secrète de la pierre de Khephré de Nomah. Ils prônent la

formation d'une génération nouvelle d'enfants initiés aux vérités lumineuses autrefois enseignée par le prophète Khephré de Nomah.

Pier Ballard : Boulanger du village de Pons.

Possina : Prêtresse de Poséidon chargée par le dieu des mers de trouver, parmi le peuple, les Élus capables de reconstruire une Atlantide saine, généreuse et lumineuse après le temps des grandes catastrophes. Aussi connue sous le nom de Elma-Freï, fille disparue du prince Emen-Freï.

Rafale : Fidèle cheval du capitaine Phébert.

Rinette : Petite amie du capitaine Phébert.

Rodebert : Garçon de Pons, ami de la petite Triana.

Rouk : Lycan au service occulte du duc Ivor.

Sheewa : Singe-araignée femelle accompagnant nos amis. Très sensible, elle sent tout danger avant qu'il ne se manifeste.

Triana : Fille du ferronnier Ferrez.

Uriella : Dame de Shamballa. Elle indique à nos héros le monde et la période temporelle où ils trouveront le prochain cristal.

Vikram Estrayan : Homme multidimensionnel, Vikram descend d'une noble lignée de héros remontant jusqu'à l'Atlantide. Vassal du roi Yegor, il pourchasse nos amis pour leur dérober les cristaux de pouvoir.

Vivia : Treize ans. De santé fragile, elle est venue toute jeune du monde du Soleil de cristal et a été élevée par une femme qui prétendait être sa mère. Vivia a perdu tout souvenir de son enfance. Pour elle, la vie a commencé dans les bras de Chad, pendant leur fuite de la cité de Baârka. Intuitive, toujours

positive et de bonne humeur, elle sert de canal psychique à la Dame de Shamballa.
Ycara : Disciple lycan du prophète Khephré de Nomah.
Yegor Thourom : Monarque tout-puissant d'Ancépalomie.

Glossaire

Aledjia : Capitale du royaume d'Alegeois.
Alegeois : Royaume voisin du duché de Musqueroi.
Ankhinor : Temple où Chad a été élevé et initié.
Arme vibratoire : Revolver mû par l'énergie du vrill, cette arme est celle de Chad qui l'a reçue un peu par hasard, dans le feu de l'action, lors de son premier voyage dans la quête des sept cristaux.
Atlantide : Civilisation légendaire ayant autrefois rayonné dans le monde. Les chercheurs modernes la placent un peu partout ; spécialement sur une île de la méditerranée et au centre de l'océan Atlantique.
Cristal de Nebalom : Nom donné, en Atlantide, au premier des sept cristaux égarés. Cristal de divination des âmes, il correspond au sixième chakra et au troisième œil. Amené par le prophète Nebalom au début de la chronologie du dernier empire atlante, il a activé la colonne de lumière dans les jardins de Posséïdonis pendant près de 2000 ans.
Élémentum : Situé à bord d'Urantiane, cet appareil des quatre éléments permet à nos amis d'apprendre la langue, ainsi que les us et coutumes des pays et époques dans lesquels ils sont amenés à rechercher chacun des sept cristaux de pouvoir.
Fête de Kephris : Célébration populaire dans la tradition musqueroise.

Les trois mondes : Ou plans dimensionnels. Le monde du Soleil de cendre (celui de Chad), ou monde primal, le monde du Soleil doré (le nôtre), ou monde médian et le monde du Soleil de cristal (celui de Vivia), ou monde supérieur.
Lycans : Créatures mi-homme, mi-loup vivant à l'époque médiévale dans le monde du Soleil de cendre.
Mairoit : Fonctionnaire municipal ayant fonction de maire.
Maître-abbé : Titre des maîtres d'armes et de philosophie au temple d'Ankhinor.
Masque de Tzardès : Reliquaire appartenant autrefois au légendaire héros Tzardès qui pouvait changer de visage grâce à ce masque rituel aux pouvoirs magiques. Depuis, c'est Vikram Estrayan qui s'en sert pour s'emparer des cristaux au nez et à la barbe de nos héros.
Musqueroi : Duché indépendant gouverné par le duc Ivor IV.
Musquerine : Capitale du duché de Musqueroi.
Nivor : Grottes atlantes dans lesquelles se sont réfugiés les populations qui fuyaient Posséïdonis – voir le tome 2 : *Le cristal de Nebalom.*
Nonfluss : Champignons de glace servant à l'élaboration de remèdes médicaux.
Œuf ouvre-monde : Réceptacle de foudre liquide ayant le pouvoir de créer des couloirs spatio-temporels permettant, d'ordinaire, de voyager d'un point vers un autre dans un même univers.
Polencia : Cité du royaume d'Alegeois.
Pons-le-Roy : Village du duché de Musqueroi.

Porte dimensionnelle : Arche ou portique de pierre, naturel ou non, servant, lorsqu'il est activé ou en des périodes de temps prédéterminées, à passer d'un monde à un autre.
Sargasses : Peuple belliqueux vivant au sud du duché de Musqueroi.
Shamballa : Enclave énergétique vibrant dans le tissage de la Terre à la frontière du monde du Soleil de cristal. Cité-état peuplée de maîtres ascensionnés, Shamballa œuvre, au long des millénaires et des différents cycles d'évolution, au maintien de la cohésion des mondes et à la spiritualisation des êtres incarnés. Gardienne et garante de la progression des âmes, responsable de la « luminisation » des consciences, Shamballa veille aussi sur le processus sacré et naturel dit du « Grand Passage des âmes » d'un plan de conscience vers un autre, lors du divin nettoyage galactique.
Urantiane : Nef spatiale et maison volante permettant à nos héros de voyager à la fois dans le temps et l'espace.

Plans de la nef Urantiane

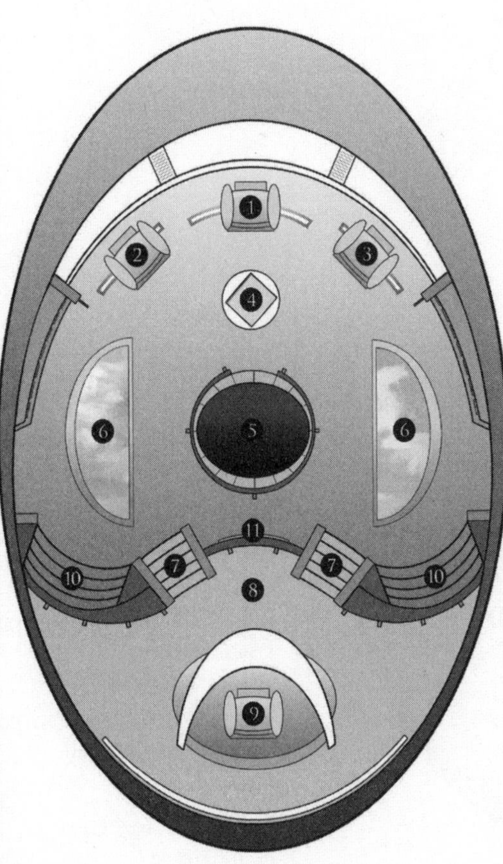

Niveau principal

1. Fauteuil de Chad
2. Fauteuil de Penilène
3. Fauteuil de Vivia
4. Élémentum
5. Puits d'accès central
6. Vitres de plancher
7. Escaliers menant à la mezzanine
8. Mezzanine
9. Fauteuil de Paul
10. Escaliers menant au niveau inférieur
11. Symbole de la quête des 7 cristaux

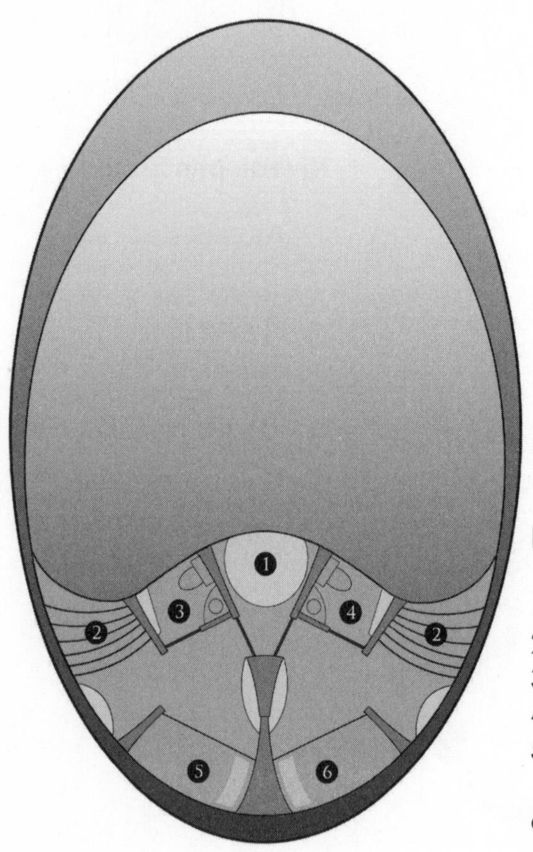

Niveau inférieur

1. Douche centrale
2. Escaliers
3. Toilettes des filles
4. Toilettes des garçons
5. Couchettes des filles
6. Couchettes des garçons

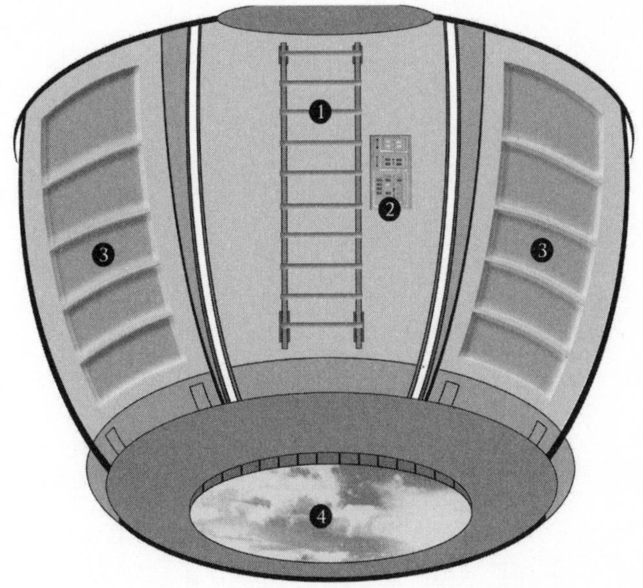

Puits d'accès central

1. Échelle de coupée
2. Panneau de contrôle
3. Compartiments de rangement
4. Sas d'entrée

L'auteur

Fredrick D'Anterny est né à Nice, en France. Arrivé au Québec à l'âge de 17 ans, il est successivement libraire, puis représentant dans le domaine du livre. Auteur d'une quarantaine de romans tant pour la jeunesse que pour les adultes, créateur des séries *Storine, l'orpheline des étoiles, Éolia, princesse de lumière* et *Les messagers de Gaïa,* il explore avec brio et passion le genre fantastique/épique en y associant des notions de philosophie et de spiritualité.

Pour en savoir plus sur l'auteur et ses œuvres :
www.fredrickdanterny.com

Remerciements

À Chantal, ma conjointe, qui aime voyager à bord d'Urantiane.

Et à Émanuelle Pelletier-Guay, élève de secondaire, fan de fantastique, réviseuse et correctrice à l'œil acéré.

À suivre…

Tome 4

Les fissures du monde

CHAPITRE 1

Le Mar-Ké-Bé

Mer d'Emalouarh, monde du Soleil de cristal, an 25 998 après le dernier grand avènement planétaire.

Vivia tenta de ranimer ses amis en employant le massage cardiaque et le bouche à bouche — en vain. À présent, complètement désemparée, elle pleurait. Son cœur commençait lui aussi à battre très vite et la stupide alarme de la nef hurlait à ses oreilles.

La sonnerie se modula. D'aiguë, elle devint plus grave. En même temps, des jets d'oxygène sourdaient du sol et de la coupole. Urantiane, qu'elle avait appelé à son aide, se manifestait-elle enfin ?

Vivia se tordit les mains. Sheewa gémissait dans le puits. Sans doute tentait-elle, encore et encore, de réveiller Chad !

L'adolescente se tint devant la console de Penilène. Que des chiffres, des symboles, des courbes.

Que s'était-il passé, dehors ? Paul avait pourtant assuré qu'ils pourraient respirer. Que la pesanteur, la masse et les autres paramètres atmosphériques, comme il disait, étaient normaux.

Trois ovales se dessinèrent sur l'écran. Trois planètes Terre.

Ce dernier diagramme retint l'attention de l'adolescente. Sans plus s'occuper de la modulation grave de la sonnerie et des jets d'air dans le cockpit, elle redoubla d'attention.

La sphère du haut était mauve doré. Celle du centre tirait sur le bleu vert. Celle du bas ressemblait à une bile de plomb.

– Les trois univers parallèles, résuma Vivia. Mais encore…

À gauche de chaque sphère clignotaient des chiffres.

Une main se posa soudain sur son bras.

– Paul ?

Les yeux mi-clos, le jeune Arizonien ressemblait à un somnambule.

– Il est sans doute contacté, ajouta Penilène qui venait elle aussi de reprendre ses esprits.

– Vous êtes vivants ! s'exclama Vivia en serrant la New-Yorkaise dans ses bras.

– Encore sonnée, oui, mais…

L'adolescente se précipita dans le puits. Sheewa faisait la fête à Chad qui revenait également à lui.

Vivia réalisa que la vibration grave de l'alarme s'était tue. Paul se mit à parler d'une voix monocorde.

– 3.8 ; 2.4 ; 0.9, récita-t-il.

– Ce sont les chiffres inscrits sur l'écran, fit Vivia. Mais qu'est-ce que ça signifie ?

Chad grimpa l'échelle de coupée et se posta, comme la jeune Noire, face à la coupole.

— Vous êtes sûrs que vous allez bien ? s'inquiéta Vivia.

— Le ciel s'assombrit, répondit Penilène.

— C'est un orage, approuva Vivia. Si je me rappelle bien, ils peuvent être terribles et…

— Ces trois chiffres, l'interrompit Paul en émergeant de sa transe, représentent la vitesse vibratoire de chacune des trois sphères. Nous ne sommes pas habitués à vivre dans un monde où la vitesse vibratoire dépasse les 2.4, 2.5. Tout à l'heure, nos corps ont réagi. C'est normal.

— Mais vous sembliez être… morts !

Paul expliqua qu'Urantiane venait d'harmoniser son niveau vibratoire au leur, ce qui les avait sauvés.

— À l'intérieur de la nef, non seulement l'atmosphère et la teneur en oxygène correspondent à ce que nous sommes habitués de supporter, mais la vitesse de vibration ne dépasse pas les… (il vérifia sur l'écran) les 2.461. Autrement dit, si nous restons dans Urantiane, nous ne craignons rien. Toi, Vivia, tu pourrais à la rigueur sortir, puisque cet univers est le tien.

L'adolescente grimaça. Elle avait été si heureuse de leur présenter « son » monde !

Chad se rassit sur son fauteuil et dit :

— Hélas, ce n'est pas en restant enfermés que nous retrouverons le troisième cristal.

— Moi, en tout cas, gémit Penilène, je ne sors plus !

— Chad a raison, décréta Paul. Rester cloîtrés n'est pas une solution. Le mieux serait de…

L'orage éclata. Contrairement aux éclairs droits dont ils avaient l'habitude dans le monde du Soleil doré, cette tempête produisait des rais de lumière aux trajectoires diverses : en rond, en spirale et même de diverses formes géométriques.

— On dirait qu'un géant manie un fouet, dit Penilène.

— C'est fantastique ! ajouta Paul. Je n'ai jamais assisté à pareil spectacle.

— Mais comment régler la vitesse vibratoire de nos corps sur celle de ce monde ? voulut-elle savoir. Si tu nous expliquais, l'Apollon !

Ce surnom que Penilène donnait parfois à son ami amena une rougeur sur le visage de Paul.

— Notre solution porte un nom : Mar-Ké-Bé.

— Le quoi ?

Paul assimilait enfin ce qu'avait tenté de lui transmettre Urantiane juste avant qu'ils ne sortent. Il se plaça devant la console de Penilène, tapa les trois mots qu'il venait de prononcer. Presque aussitôt, des diagrammes en forme d'étoiles — plus précisément des tétraèdres emboités les uns dans les autres et tournant sur eux-mêmes dans des sens opposés — apparurent, accompagnés de signes cunéiformes.

— Tu peux lire ce qui est écrit ? s'enquit Penilène.

— Je les comprends… là (il indiqua sa tempe), dans ma tête.

Le Mar-Ké-Bé était le nom du corps de lumière que possède chaque être humain. Un corps invisible plus étendu que celui de chair « dense ».

— Avant de pouvoir sortir de la nef et de chercher chacun nos éléments, il va nous falloir activer notre Mar-Ké-Bé personnel.

Penilène était abasourdie.

— Tu veux bien nous répéter ça !

Chad soutint la thèse de son ami.

– Dans le temple d'Ankhinor où j'ai été élevé, dit-il, je me rappelle qu'on nous enseignait à en prendre conscience. Mon maître-abbé prétendait qu'un Mar-Ké-Bé éveillé pouvait être la source de fabuleux pouvoirs.

Penilène fit la moue.

– Ah bon. Alors, tout ce que nous avons à faire, c'est de le réveiller. Et on fait ça comment ?

– D'abord, il faut respirer.

– Respirer ?

– Et méditer.

– Méditer ?

– Oui.

– Ridicule que ce soit aussi simple. Sinon, ça se saurait !

Vivia trancha le dilemme de ses amis en s'asseyant sur le sol. Chad l'imita, croisa les jambes et plaça ses mains ouvertes sur ses genoux.

– Le dos doit être droit, indiqua-t-il, les épaules détendues.

– J'aurais cru qu'il y avait à bord des pilules qu'on aurait pu avaler, plaisanta Penilène. C'est plus civilisé, non ?

Paul s'assit également, même s'il n'était pas très à l'aise avec l'idée de méditer.

– Vous me faites rire ! ajouta la New-Yorkaise.

– S'il n'y a que ce moyen pour sortir et mener à bien notre nouvelle mission, dit Chad, nous devons tenter l'expérience…

Aussi disponibles :

Tome 1 :

Les porteurs de lumière

ISBN 978-2-89667-278-3

Monde du Soleil de cendre, aujourd'hui.

Paul, Vivia et Penilène menaient chacun des vies sans histoire avant d'être enlevés parce qu'ils portaient, tatoués sur leur épaule droite, le même symbole ésotérique. Rejoints par Chad, un garçon mystérieux chargé de les protéger, ils se retrouvent perdus dans une autre dimension. Forcés, pour rentrer chez eux, de récupérer la foudre contenue dans l'air, la terre, l'eau et le feu, ils ne se doutent pas encore qu'ils sont devenus, pour le compte de Shamballa, des porteurs de lumière…

Tome 2 :

Le cristal de Nebalom

ISBN 978-2-89667-279-0

Monde du Soleil doré, Posséïdonis, capitale de l'empire atlante, 9792 av. J.-C.

Dans le ciel brillent deux soleils. Les prêtres affirment que cette anomalie est le signe de la prochaine fin du monde. Venus à bord de la nef Urantiane pour récupérer le premier des sept cristaux de Shamballa, Chad, Vivia, Paul et Penilène se mêlent à la population effrayée. Ils n'ont que quelques jours pour retrouver la fabuleuse pierre de Nebalom et échapper à l'effondrement de l'Atlantide…

www.ada-inc.com
info@ada-inc.com